他人の中に居る私

原田厚
HARADA ATSUSHI

幻冬舎 MC

他人の中に居る私

目次

実験マウス p2997

「イケイケもう少しだ、そこの角を曲がればゴールだ！」

声を殺して心の中で叫びながら、秋山淳はゴールにある餌を求めて迷路の中を駈けている実験動物・個体番号 p2997 の札の付いたマウスの行動を凝視していた。

腹を空かせたマウス p2997 は、動物実験用の迷路のゴールに置いてある餌にありつこうと行ったり来たりしながら段々とゴールに近づいていく。

そして、マウスは最後の角を曲がってようやくお目当ての餌が目に入るや、大好物にしゃぶりついた。

美味しそうに餌を食べているマウスを眺めながら、秋山は右手に握ったストップウォッチに目をやって、そこに記録されている時間を確認すると興奮のあまり思わず暗い実験室に響き渡るような声で叫んだ。

「You made it！（やったね）p2997、お前は今までのマウスの中で一番賢い奴だ！15分21秒でこの迷路を通過したのはお前が初めてだ！

　誰にも認められないけれど世界新記録、ギネスブックものだ」


　誰も居ない薄暗い大学の実験室で叫んで、大好物の餌を美味しそうに食べるマウスを見つめながら迷路のそばに置いてある玩具の鐘をカランカランと鳴らしてマウスのゴールを祝った。

　幸せそうに、餌を食べ続けるマウスを横目で見ながら秋山淳は机に向かい、実験ノートに今日の日付、実験動物番号（p2997）など本日の実験条件や結果、観察事項などを細かく書き込んだ。

　最後の備考欄に「本実験迷路・メイズZでp2997は最短時間を大幅に短縮し15分21秒の記録を出した！　こいつは天才だ！」と興奮気味に書き込んだ。


　ここは東京都内にある私立医科大学の名門、関東医科大学の研究棟にある地下一階の実験室である。

　脳神経外科医の秋山淳はもうすぐ50歳を迎える同大学病院の准教授だ。

白髪がやや目立ち始めた頭髪や細身の体躯は実年齢より高齢に見えたが、実験に集中する時の目の輝きは真実を追求する第一級の研究者である事を物語っていた。

秋山はマウスを使って迷路を通過させる実験で記憶に関する研究を行っている。

迷路はよくパズルに出てくるような簡単なものであるがその通路の壁には果物や動物が描かれてある、背景の色や模様も通路ごとに変わっている。

腹を空かせたマウスはまずスタート地点から迷路を進む、当然の事ながら何処かで行き止まりに遭遇する。

そこでマウスは秋山に拾い上げられてスタート地点に戻される、双六で言うところの「振り出しに戻る」である。

そしてまた、スタート地点から餌を求める旅を最初からやり直す事になり、また何処かで行き止まりになると、スタート地点に戻される、この作業を何回も繰り返す。

行き止まりに辿り着く途中で通った通路の壁に描かれている果物などの絵を覚えていれば、2回目に来た時にここを進んでいくと行き止まりだから別の通路を選択すべきと判断できる。

この、「行き止まりになったらゴールに戻される」を繰り返していくうちにマウスは行き止まりの道を全て覚えてしまい、最終的にはゴールにある餌を目指して、袋小路に入る事なく迷路を通過して一直線にめでたく待望の餌にありつけるという事になる。

今夜の実験でランナーとなったマウスp2997は今までのマウスに比べると飛び切り記憶力が良いらしい。

百匹以上のマウスを使って実験を繰り返してきたが、過去の実験マウスでは同じ迷路のゴールに辿り着くまでに30分以上かかり、今までの最短時間は20分40秒であった。しかし、今晩の実験マウスp2997は記録を大幅に更新しての15分21秒で餌にありつく事ができた。

これは、100m走の世界記録が9・58秒の現代に突然9・0秒で走る選手が出てきたみたいなもので驚異的な数字としか言いようがない。

もっとも同じ迷路で同じ実験マウスを使って2回目の挑戦を行うと、マウスは前回つまり初回の「記憶」があるから、2回目以降では15分以下の記録は容易に出る。

そこで、一回目の迷路走行の記憶が如何にマウスの脳にしまわれ、また如何に思い出すかの研究を秋山は日夜行っている。

「p2997、お前は天才的にもの覚えの良い奴だ、マウスにしておくのはもったいないよな」

マウスに話しかけながら美味しそうに餌を食べて満腹となったp2997を迷路から取り出した。

そして、秋山は隣にある実験用テーブルの上に置いてある小さな容器にマウスを移した。そしてマウス専用に作られた実験用の脳波を記録する電極の付いたヘッドギアをマウスp2997の小さな頭に丁寧に取り付けた。

「お腹も満腹になったし、迷路で運動もした、今日の役目は済んだからユックリ寝てくれよな」と、言いながら秋山はマウスをゲージに入れて、マウスが熟睡できるように内側が黒の遮光性の覆いをゲージにかぶせた。

しばらくすると、満腹になったマウスは遮光されて真っ暗となったゲージの中ですぐ眠ってしまったのだろうか、ゲージの中からはマウスの動き回る音が聞こえなくなった。

布で覆われたゲージ内部からは先ほど付けたヘッドギアを介して、マウスの頭から発せられる脳波の電気信号を一晩中無線でコンピューターやデーターを収納するサーバーへと送られている。

コンピューターやサーバーの電源をあらかじめ決められた順番に従って入れて、機械が正常に作動している事を確認し終わると、秋山は実験室の壁にかかっている古ぼけた時計を見上げた。時間は夜の11時を回っている。

「もうこんな時間になってしまったか、明日は手術もあるからそろそろ寝なくては……」

自分に言い聞かせながら、マウスが眠っているゲージの横にある脳波計の電源をおもむろに入れた。

脳波計はかすかなモーターの音を出しながら起動し、沢山の赤、黄色、青、白などの、パイロットランプが点滅して暗い実験室にほのかな明るさを放った。

点滅するランプは先ほどゲージに入れてもう寝てしまったかもしれない実験マウスp2997の脳細胞から発信されている電気信号つまり脳波の情報をとらえている事を示

していた。

「よし準備完了、明日はデーターを見に来るのが楽しみだな、じゃ p2997 お休み、ちゃんと眠れよな」と、言いながら実験室の電気を消した。

p2997 の睡眠を邪魔しないように、そっと実験室のドアを閉めて、朝までの仮眠をとるため実験棟の隣にある入院病棟の当直室へと向かった。

秋山が去った後は静かな実験室にはかすかなモーターの回転する音だけが聞こえ、脳波計の小さなパイロットランプから発せられる光が暗い実験室にほのかな光を放っていた。

モーターのかすかな音や多数のパイロットランプの一見無秩序な点滅が、マウスの脳内の情報がヘッドギアを介してコンピューターのサーバーに記録されている事を示していた。

動物は目、耳、鼻等の感覚器官の五感を使って自分が体験した経験を記憶する。ところが、昨日体験した事を全て今日覚えている訳ではない。

学生時代に試験の前日一晩かかって暗記した英語の単語をひと眠りしたらほとんど忘れていて、いざ試験の場になって昨日覚えたはずの単語が出てこなくて悔しい思いをした経験をした事が誰にでもあると思う。

そのような経験から大切な疑問と事実がある。

まず「寝なければ全て覚えたままだったか」である。

次に「寝てしまって、記憶が消えたが、全てではなく一部は覚えたままである」事である。

暗記してすぐに思い出せる記憶を短期記憶という、暗記していつまでも思い出せる記憶を長期記憶という。

100個覚えた英語の単語はまず短期記憶となる、そして時間がたつと短期記憶はほとんど消えてしまい何%かが長期記憶として残る。

短期記憶から長期記憶に選別する作業は主に睡眠中に行われるという、そして短期記憶にするか長期記憶にするかの選別をする脳の場所は海馬と呼ばれる部位である。

つまり、英語の単語はまず短期記憶として海馬に収められ、睡眠中に海馬内で選別された何%かが大脳皮質と呼ばれる場所に送られ格納されて長期記憶となる。

人間を含め動物が眠る事は「物を忘れる」と同時に「物を覚える」という相反した

作業が海馬で行われている事になる。

海馬で行われている、「物を覚える」作業のほうがより高度な機能を必要とするが、海馬の萎縮が始まると高度な機能のほうから破綻してくる。

高齢者社会の日本で現在、大きな問題となっている認知症では、高齢になると海馬が萎縮して「物を覚える」つまり長期記憶にする機能から低下するために起こるものである。


脳神経外科医の秋山がマウスを使った迷路の実験では、迷路を走りながらマウスは壁の色や絵などから道順を学習して短期記憶として覚える。

そして迷路のゴールでタラフク餌を食べて満腹になったマウスを寝かせて、睡眠中にどのようにして記憶が短期記憶から選別され長期記憶になるかの過程を脳波を使って解析する研究をしている。

脳神経外科医　秋山淳

秋山淳はもうすぐ50歳となる、私立医科大学の名門といわれている関東医科大学病院に勤務している脳神経外科医である。

日中は臨床医として患者の手術や診療に従事し、夜になると実験室にこもり終生のテーマにしている脳波の解読から脳神経の機序の解明を行っている。

白髪がやや目立ち始めた頭髪や細身の体躯は実年齢より高齢に見えたが、実験に集中する時の眼力の強さは真実を追求する第一級の研究者である事を物語っていた。


秋山は医科大学を卒後すると、当時の卒業生がほとんどそうであったのと同じに、自分の母校の外科医局に入局した。

母校の外科医局は腹部の手術を担当する消化器外科（一般外科と称する事もある）、心臓血管外科、呼吸器外科そして脳神経外科が同居する大所帯でありそれらの科を大統括する主任教授が一人いる。

消化器外科、心臓血管外科、呼吸器外科、脳神経外科にはそれぞれ数人の准教授がいてそれぞれの部門の実際の診療責任者となっている。

主任教授はただ一人であり、人事権を掌握するので、医局員のみならず関連派遣病院にまで絶大な権力を持っている。

各セクションの准教授たちは次の主任教授を目指して日々診療実績と、研究成果を上げながら、重労働で且つ安月給の大学病院の勤務医生活を送っている。

ほとんどの大学病院では臓器別に医局が分かれるようになって久しいが、秋山の大学病院では一貫して外科は一講座である。

日本に医学部を持った大学が創設された頃、外科は一講座制のものが多かったが、その後は臓器別に専門化が進み40年ほど前からは消化器、心臓、呼吸器、脳神経などの臓器別に細分化されて各々のセクションが独立して診療を行うようになってきた。

臓器別の医局は当初は良かったが、40年たった現在ではその構造的欠陥が表面化し、昔ながらの大医局制度が昨今見直されるようになってきている。

よく言われる事だが、大学病院の使命の3本柱は診療、研究、教育である。

秋山は、脳外科医のチームに入ってからの研究テーマが「記憶」の解析であり、記憶の実態とは何か、記憶がどのようにして作られるのか、記憶は脳神経の何処にどのような形で収まるか等の人類が未知な分野の研究に挑戦してきた。

マウスを使った実験は、秋山が当直の夜に行われる。夜の病棟回診が終わった後は入院病棟の隣にある研究室にこもり、マウスを迷路で走らせながら記憶の研究データーを積み重ねてきた。

秋山が研究を始めた頃は「大脳皮質」と呼ばれる脳の表面にある組織の情報は比較的容易に脳波で知る事ができるが、「脳幹」や「海馬」のような脳の奥深い場所に位置している組織に何が起こっているかを当時の脳波計では推測できなかった。

「海馬」は現在日本の社会問題となっている認知症にも関与する事が分かってきている。

人間に限らず動物では新しい記憶は海馬で何らかの処理がされて長期的な記憶となって脳の表面にある大脳皮質という場所に収められる過程が証明されつつある。

高齢になり海馬が萎縮すると、その機能を失い新しい記憶を長期的な記憶に加工できなくなり「昨日の事は覚えてない」となる。

新しい記憶に反して、古い記憶は大脳皮質に収まっていて、これを引き出す事は可能であるので「昔の事はよく覚えている」と言う事になる。

秋山の研究は海馬のような脳の奥底で起こっている現象を脳波から推測するものであり、また記憶のメカニズムを解明する方向に発展しつつあった。


秋山が脳波の研究で医学博士を取った時は医師になってから12年がたっていた。

同期の医師たちはとうの昔に医学博士となっていた。

秋山は研究に時間を割いたばかりに臨床経験、特に執刀した手術件数が少なかったため脳神経外科の専門医になったのは同僚の中では一番遅かった。


学会では専門医と未だ専門医になっていない医師はネームカードの色で区別されている。

秋山がまだ専門医の資格を取らなかった頃、学会で議論を交わす時に、専門医である相手はちらりとネームカードの色を見ては、非専門医である秋山を蔑んだように議論した。

同期の医師たちも秋山のネームカードの色を見ては、

「医者になって10年もたっているのに、まだ専門医になれないのか。研究も良いが早く取るもの取らないと皆に後れを取って大学では生きていけないぞ」と、励ましたり、専門医である自分に優越感を感じ、秋山を見下げていた。

脳神経外科医　秋山淳

医師になってそんな最初の12年間だったが、今では博士号も専門医も取り、外科医局の脳神経外科セクションのリーダーの一人となっていた

もともと、手先は器用であったので専門医になったのは遅かったが手術の腕前は誰にも負けず、50歳となった今、いつの間にか時期主任教授の有力候補に挙げられるようになっていた。

臨床医としての確実な実績を上げた一方では研究では壁にぶつかる事も多かった。何事もそうであるが、全ての事が順風満帆に行く訳ではない。

秋山は研究に行き詰まった時は、夜に自宅から徒歩で20分ほどの小高い丘にある小さな公園を散歩する。

丘に通じる公園内の小道は照明も乏しく、足元に気を付けながら丘の頂上を目指す。丘の頂上に立つと眼前には暗い大海原が広がり、漁火だけがいくつか寂し気に灯り波に揺らいでいる。

誰も居ない夜の公園のベンチに座り、眼前に見渡す海岸に打ち寄せる波の音と、海風にわずかに揺れ動く公園の木立の囁きを聞く。

研究の事も診療の事もそして自分の身の回りに起こっている煩わしい出来事も忘れて、自分の意識を虚無にして暗い海岸風景をしばし眺めているのが好きである。

そして、虚無になった彼の頭の中に、研究のアイデアや、自分の頭を悩ませている問題の解決策がふと浮かび上がってくる事がよくあるのである。

秋山は暗い海を眺めながら最近思う。

「確かに自分は自分の得意な電磁気学や数学を医学と結び付けて成果を上げてきたが、人間の体はそんな無機物的知識では解決されないものがある」

「自分でも、はっきり理解していないが、自分の研究をより完成度を高めるには父親が、頭の中にしまってあった哲学や、文学、歴史の知識が必要ではないのであろうか」

もう15年ほど前に他界した秋山の父親は某大学病院の教授を務め上げた内科医で

あった。

優秀な臨床医であったのと同時に勤勉な研究家でもあった、家庭では家族と一緒にいるのは食事の時ぐらいで、食事が終わると書斎にこもり山積みとなった医学書を読みながら論文の執筆活動をしていた。

所謂文科系の人間であった父親は文学、哲学、歴史学に造詣が深く、筆をもって字を書かせれば書家をも唸らせる美しい文字を半紙の上に描いた。

秋山は子供の頃、父親から万葉集の短歌や漢詩を教わり、暗唱させられた。

子供の頃は深い意味も分からずただ覚えさせられた短歌や漢詩であった。

何十年もたち、人生の岐路に立った時や研究で壁に当たった時には自然の景色を眺めながら覚えていた短歌を口ずさんでいると不思議と解決策がぼんやりと見えてくる事が多かった。

「知識はまた記憶とも置き換えられる、もし可能であったら父親の持っていた記憶を生前に全てコピーしておいてそれを自分の頭の中に移植しておけばよかったのだが……」

ちょうど、コンピューターのハードディスク内にあるファイルを他のコンピューターに移植するようなものである。

しかし、もしそんな事が可能であったとしても、父親はもう他界してしまったし、記憶を抜き出す事はできない。

人の記憶はどういう形、物質となって頭の中に収められているのだろうか。

そして人が死んだ時に記憶はどのようにしてこの世から消えてしまうのだろうか。

父親の記憶を何かしらの形で抜き出す事が可能であって、それを自分の記憶として保管できれば、父親の記憶していた万葉集の全てを自分の頭の中に入れる事ができるはずである。

英語を喋る人の記憶をコピーして自分の頭にペーストすれば一夜にして英語の通訳となれるはずである。

記憶子の発見

人間をはじめp2997のような実験動物をも含めた動物の頭の中に存在する記憶とは一体何なのであろうかと考えたのが秋山の現在の研究の始まりであった。

まず記憶は一般的には頭の脳の中に収まっていると誰しもが考えている。

脳以外の臓器、つまり心臓、肝臓や腎臓の中に記憶が収まっているとは誰もが考えていないだろう。


もしも記憶が心臓の中に収まっていたならば、重い心臓病で心臓移植を受けた人（レシピエント）は自分の記憶の収納庫である心臓が取り出されて、他人の心臓に替えられてしまう訳だから移植を受けた途端に自分の記憶は一切なくならなければならない。

そして、そのレシピエントは心臓移植を受けて麻酔から覚めた途端に、ドナー（心臓の提供者）の記憶に切り替わり、全く違った記憶を持った個体（ヒト）にならねばならない。

ところが、実際はレシピエントが麻酔から覚めても今まで記憶が消える事なく残る。心臓が入れ替わる前と同じ記憶や人格を維持している訳だから、記憶が心臓に収納されてはいない事が誰にでも了解できる。

心臓に限らず、腎臓、肝臓、すい臓、血液など脳以外のどの臓器についてもこれらの臓器に記憶が収納されてないと同じ事が言える。

ところが、脳だけは脳梗塞や外傷などによって障害を受けると記憶の一部または全てが欠落してしまう。

そこで、「記憶の保管場所は脳である」という極めて常識的な認識をまず確認する。記憶は脳の何処にそしてどのような形でしまわれているのであろうか。

最近、我が国の大きな社会問題となっている所謂認知症では、脳の一部の「海馬」と呼ばれる場所が年齢とともに退縮してしまう事と関係がある。

ＣＴやＭＲＩで映し出される海馬の萎縮が高度になればなるほど、認知症の症状が高度になる事実は医学上よく知られている。

認知症で有名な症状は、

「昔の事はよーく覚えているのに、今日の朝ごはんに何を食べたか思い出せない」そのような会話を日常茶飯事に耳にする。

それに反して、海馬がいくら退縮した人でも何十年か前の出来事は驚くほど正確に思い出せるなんて事はよくある事である。

海馬の退縮した人は今日の「朝ごはんを思い出せない」のではなくて、「朝ごはんを記憶できなかった」のである。

つまり、海馬は五感でインプットされた情報を記憶させる働きをしている事になると推測されている。

秋山は特殊な技術を駆使してマウスの海馬を機能停止させて迷路の実験をしてみた。するとマウスは迷路の道のりが覚えられなくなり、いつまでたってもゴールに辿り着けなかった。

そこで、秋山は海馬は五感でインプットされた情報を処理して記憶を作り上げる工場のような働きをしている場所であると確信するに至った。

では、次の問題は作り上げられた記憶はどのような実態であるかである。

記憶の実態を解明する研究は大きな壁となり秋山の前に立ちはだかったが、秋山はある日直感的に思いつき、記憶を一つ一つの記憶子と名付けた粒子であると仮定した。

つまり秋山の仮説は五感で感じ取った情報が海馬で加工され記憶子という粒子になり、それが大脳皮質に運ばれて記憶子の種類別に本棚に収まるようにきちんと整理されて収納される。

そして必要な時だけ特定の記憶子を呼び出して「思い出す」という行動をする事になるというものだ。

例えば、言葉は大脳の言語中枢という場所に収納される。人が脳梗塞を発症して言語中枢が破壊されると言葉が出なくなり失語症という状態になる事は有名な事実である。

さらに、海馬で記憶子が作られる過程は睡眠中に最も活発になると仮定し、迷路実験を行った後にマウスの睡眠中の脳波を記録して海馬で記憶が作られる過程の膨大なフローチャートがほぼ完成する一歩手前に辿り着いた。

今、秋山が次に行っている実験は、マウスの脳波から記憶子の情報を抜き出し、それから逆算して海馬にどのような刺激を与えれば同じ記憶子ができるかを検討している。

つまり迷路を完走したマウスの大脳皮質から記憶子を抜き出して、未だ迷路を走った事のない別のマウスに電気信号を与えて迷路の記憶子を作り上げる。

そうすれば、迷路を一回も走った事のないマウスでも一直線に短時間に迷路を走り抜けてゴールにある好物の餌に辿り着く事ができるはずである。


多くの医学研究者は、秋山の研究成果レベルまで達すると、その成果を論文にまとめ学会の評価を受ける。

しかし、秋山は極めて慎重であった。

秋山と臨床も研究も行動を共にしている5年ほど後輩の山岡は、秋山がこれまで行ってきた研究成果が科学的に如何に重大かつセンセーショナルなものであるかを知っていた。しかし、山岡がいくら学会発表や論文での発表を促しても秋山は一向に自分の成果を発表しようとはしなかった。


「秋山先生、今まで我々が行った記憶に関する海馬の役割の証明や、記憶子の存在の可能性は、脳神経科学領域の革命的な研究成果です。是非早い段階で学会に発表しましょう。そうでないと、我々の研究成果が何処かで遺漏した場合、他の研究機関で追加実験を行い、自分たちの成果として発表されてしまいます。研究成果を横取りされてしまいますよ」

確かに、医学研究にとどまらず自然科学の世界での研究競争では、輝かしい研究成果の陰には、研究成果が争奪されたエピソードも多い。

山岡は、秋山を脳神経外科医としてまた脳神経生理学者として尊敬していたが、医学会に発表すれば一大センセーションとなる秋山の研究成果をいつまでたっても発表しない事に苛立ちを感じていた。

自分たちの研究成果を発表すれば彼らの医局で現在行われているどの研究よりもインパクトは強く、論文としてのインパクトファクターが高くなる。

そして秋山の次期主任教授の座はほぼ確実になる。

また、共同研究者である山岡自身の業績も飛躍的に上がる。

山岡が自分の大学の主任教授になるのは無理であっても、他の大学の教授選に立候補すれば教授の座を得られる可能性が高いのである。

山岡が秋山に論文発表を促すと秋山はいつも、

「まだ研究は最終段階に入ってない。確かに我々の研究はここまで大脳生理学の分野でブレークスルーとなる成果を上げている。しかし、今の段階で発表するとやれ講演会だの、何だのと言われる。ひょっとしたらマスコミに追いかけられるかもしれない。そうなると、本来の研究を全うする時間がなくなり、我々の研究の最終目標に到達できなくなってしまう。だから、研究の最終目標に到達するには講演会だのマスコミだのは無駄な時間だ。第一、我々は自分たちの昇進のために研究している訳ではない。あくまで、生命体の中で作動している、我々の知らないメカニズムを知る事なのだ」

「秋山先生の崇高なお考えも理解はできますが、やはり研究成果は少しずつでも発表して、今までの実績を医学界で評価してもらう必要はあると思います」

山岡は秋山の研究者としての態度は尊敬しているが、あまりにも論文発表に慎重な秋山の方針に困惑している事も確かであった。

医局の他の研究グループは着々と研究成果を論文にまとめ上げ自分たちの業績を堅持している。

それに比べて、秋山のグループはいつまでたっても論文発表がなされず、同僚からは、

「山岡は優秀だけど、秋山先生と組んだのが失敗だったな、この分で行くといつまでたっても山岡の名前の入った論文は発表されず、業績ゼロとなってしまう。まあ今のままで行くと大学に残っても何の役職にも就けず、定年になってしまうな。組んだ相手が悪かったな……」

などと、陰口を言われてもいる。

研究の成果の論文発表の数が多く、その成果が学会で評価されれば、研究費の割り当ても増えて最新の機材が購入できる、助手も雇える。

今よりももっと効率よく研究ができるはずである。医学研究の多くは研究して成果を出し、それの評価により次の研究費を確保して進める。

だから、研究の成果の論文発表はある意味では次の研究ステップに進むための資本投資みたいなものである。

医局の他のグループではそのようにして次々と最新の機材が導入されている。

それに反して秋山のグループは大学から支給されるわずかな研究費だけで、ほそぼそと研究を続けている。

機械は古く研究する場所も大きな研究室の片隅を使っているだけである。

秋山が言うには、次の研究資金を確保するためにどうしても無理をして、研究資金の割り振りをする選考委員に気に入られる結果を出さねばならない。無理をして出された結果は完璧なものではなくそれを続けると、研究の最後には矛盾が生じて結局は意味のない研究になってしまう事になる。

研究に決して新しい性能の良い機械は必要ないと秋山は主張する。最低の機材がありその機材を自分の研究のために改良できる力が勝負になる。例えば、脳波計にしたって最新のコンピューター化をした脳波計は用いない。昔ながらの配線基盤に半田ごてで付けたトランジスターの載ったものを用いる。必要となれば、配線基板を設計して、電気街に出かけトランジスターや抵抗を買い集めて自分たちで回路を作る。

解析用のコンピューターのソフトウエアにしたって高価な医学研究用に開発されたソフトウエアは使わない。

長年かけた自作の解析ソフトを自分たちで改造しながら使用している。

自分たちでカスタマイズできる実験機材、自分たちでカスタマイズできる解析ソフト、これらが新しい発見を我々だけにもたらしてくれる。
精巧で高価な実験機材と皆が使用している解析ソフトを使っても他の研究者と同じ結果しか出てこない、これではみんな同時に新しい発見をして終わりになってしまう。

秋山と山岡はいつも電気工事用の工具を持って実験用の脳波計の基盤を改良したり、解析ソフトの開発をしていた。

二人とも医者ではあるが電子機器開発の技師やソフトウエアの開発に携わるシステムエンジニアたちより遥かに専門的知識や技術を身に付けていた。

秋山はもう50歳となり研究者として25年が経過し最も柔軟に物事を考えられる時期は過ぎた。

研究者として残された15年を費やして、直感的に思いついた突拍子もないアイデア、「記憶は記憶子の単位でできている」という仮説を証明し、どのような電気信号を海馬に入れれば記憶子が作られ、記憶が維持されるかの研究に邁進していた。

合同カンファランス

秋山の所属している、大学の外科医局は今の時流に反して一講座制の大所帯である。先にも述べた如くに外科医局は、消化器外科、呼吸器外科、心臓血管外科、そして秋山の所属している脳神経外科のセクションがあり各々のセクションに二十人前後の外科医がいるので総勢八十名ほどの外科医局としては大所帯である。

大学を卒業して、医師国家試験に合格し医師免許証を手に入れてから、この医局に入った。入局すると各セクションの他、麻酔科や放射線科など外科の修練に必要となる科を4年から5年かけてローテーションしてから自分の本当の専門セクションの専属となる。

秋山の場合も入局後は5年ほどかけて、各科をローテーションした。最後に回ったのは心臓外科であった。

ローテーターとは言うものの外科医になって4年以上が経過しているため、外科医としての修練は十分に積んであったためアメリカで言うチーフ・レジテントのような存在で自分の手術患者を持ち、執刀医となる事も多かった。

秋山がローテーターとして心臓外科を回っていた時、このセクションのチーフは現在の外科医局の主任教授である杉山だった。

心臓外科では、例えば心臓弁膜症の手術の場合は病気でボロボロになった心臓の弁を取り出して人工弁に交換する時、血が流れて拍動している心臓では手術操作が不可能なため心臓を止める必要がある。

心臓を止めたら、患者は死んでしまうので、心臓を止めている間、全身に血を送る人工心肺を使用する。

人工心肺は全身から戻ってきた静脈血を取り出し、人工心肺内で二酸化炭素を抜き出し、酸素を与えて動脈血として体に戻して心臓を止めている間の生命維持をする。

この人工心肺を取り付ける作業をカニュレーションというが、秋山は心臓外科のローテーション中ほとんどの症例のカニュレーションを担当した。

手術開始後、皮膚切開を入れて胸骨を開け人工心肺を装着するまで、秋山は術者の位置に立つ。

やがて、カニュレーションが終わると執刀医である杉山は術野に入ってきて秋山と執刀医の場所を交代する。

人工心肺をスタートさせて、フルフローと呼ばれる人工心肺のみで生命維持が可能な状態となると心臓は血液を送り出す必要がなくなる。

すると大動脈を遮断してカルディオプレギアという薬液を心臓に注入して心臓を止める。

それから心臓にメスを入れて心臓内の手術、心内操作を行い人工弁などを取り付ける。

手術の肝心な手技が終了すると大動脈の遮断を解除し、それまで止まっていた心臓の拍動を開始させる。

次に人工心肺から離脱して自分の心臓で自分の生命を維持できるようになる。

大動脈を遮断する事をクロスクランプ、遮断から遮断解除までの時間をクロスクランプタイムという。

大動脈の遮断を解除して、人工心肺から離脱して血圧、脈拍などが安定すると、

「じゃ、秋山君、後は頼むよ」

と、言って杉山が術野を下りて、再び秋山が執刀医の場所に復帰して胸を閉じる閉創作業にかかる。

秋山は誰よりも正確に、短時間でカニューレーションの操作や、閉創作業ができたた

め、杉山の信頼をどのローテーターよりも勝ち取っていた。

そして、杉山は秋山に多くの手術を執刀する許可を与えて、自らが前立（まえだち、第一助手）を勤め、秋山に手術を丁寧に指導して、秋山が自分の後継者として心臓外科の道に進む事を切望していた。

秋山が規定のローテーションを終了して、脳神経外科を専攻すると杉山に話した時、杉山は秋山を自分の後継者として期待していたが、それが叶わぬ事と知り失望をあらわにした。

秋山がローテーションを終えて、3年ほどたった時、杉山が教授選を勝ち抜き外科の医局の主任教授に就任した。

教授選では呼吸器外科のチーフの山田と接戦であったが、わずかの得票差で杉山が勝ちこの巨大医局の主任教授の椅子を獲得する事になった。

何処の医局でも同じであるが、教授が交代する教授選では、地位と名誉と権力を賭けて、情報や風評が錯綜して嵐が吹きあれる。

秋山の医局でもご他聞にもれず血なまぐさい戦いがあった事は事実である。

そのため、何人かの医局員は教授選が終了すると、いつの間にか医局から席がなくなっていた。

教授選が終了し、やや医局内が落ち着きを取り戻した時、秋山はお祝いを述べるために杉山の教授室を訪れた。

教授室のドアをノックして部屋に入ると、杉山は長年の念願であった教授の椅子に腰かけながら、秋山に自分の机の前にあるソファに座るように勧めた。

「杉山教授、この度は主任教授に就任おめでとうございます。私はこれまでと同様にこの医局、杉山教授のもとで診療と研究に励みたいと思います。今後も宜しくお願い申し上げます」

通り一遍の挨拶を秋山はした。

「秋山君、君が我々の心臓外科セクションに残っていてくれたらね、僕の後継者になってもらい、僕の次の主任教授になってもらえるんだがね。僕の、任期はあと15年、つまり次の教授選は15年後だ、その時君は何歳になっているんだろうかね」

「そうですね52でしょうか……」

「そうか、それは教授選に立候補するにはちょうどいい年齢だな」

「君は脳神経外科を選択した訳だが、大学に残るのなら、そして15年後に教授を目指すなら、研究業績を沢山論文にまとめておくんだな。大学病院だから手術症例は年月がたつとそこそこ集まる。研究業績は常日頃から努力して書いておかないといけない。君は研究は好きみたいだが、あまり論文は書いてないね、これでは将来教授選では戦えない」

秋山は自分が教授になりたいなどとは思ってもいない。

「杉山教授、先生のセクションには私の同級生で徳田という何処に出しても引けを取らない優秀な心臓外科医がいるではありませんか。それに、私はあまり教授とかなんとか言う人の上に立つポストは向いてないと思います」

その言葉を聞くと、杉山は今までのはつらつとした表情を少し曇らせた。

「確かに徳田君は腕もたつ、学会での評価も低くはない。さらに、学部長の谷城先生のご親戚でこの大学の医者の中での血筋も良い。しかし、ちょっと功に走るきらいがあるし、医局に出入りしている業者とのよからぬ噂がない訳でもない……」

「まあ、教授になってすぐに定年後の話をしても仕方ないな、15年後には何がどうなっているか誰にも分からないしな」

秋山は杉山との話を早々に切り上げ教授室を退室した。

それから13年の歳月が経過して、杉山の教授の任期はあと2年となっていた。秋山は脳外科チームのチーフとなり、心臓外科は秋山と大学時代の同級生であった徳田がチーフとなり、診療業績を上げていた。

何事も控えめな秋山とは異なり、秋山の同級生で心臓外科の准教授の徳田は常に闘争心を露わにしていた。

秋山と比較される事を意識しながら、自分が次期教授になる最有力候補である事を周囲にアピールしていた。

ところが、徳田が手術をした患者が術後2日で死亡した事件が発生してしまった。その事件に関して秋山は主任教授の杉山に教授室に呼ばれて相談を受けていた。

「君も先日の症例を覚えているだろう、重症心不全の連合弁膜症患者のケースだよ」

杉山は先日、徳田准教授が主治医となり執刀したが手術後に低心拍出量症候群（心臓手術後に起こる重症心不全の病状）に陥り術後2日で亡くなった患者の話を始めた。

心臓には血液の流れを一定に保つための逆流防止弁は4個ある。

これらの弁が機能不全となるのが所謂弁膜症であり、痛みがひどければ人工弁に交換するしか手立てがない、4弁とも全て悪ければ4個とも人工の弁に交換すればよいのだが、4個とも取り換えるには時間がかかる。

弁膜症の手術は人工心肺を使って心臓を止めながらでないと手術ができないが、無制限に心臓を止めていいものではない。

心臓を止めている時間が長いほど（クロスクランプタイムが長いほど）、心臓の筋肉は力を失い自分の力で血液を体に循環できなくなり重症の心不全を起こす、この病状を術後に起こる低心拍出量症候群と呼んでいる。

「手術は成功しましたが、術後経過が芳しくなく亡くなりました」

そのような経過の何パーセントかは術後低心拍出量症候群に陥ったもので、その原因は術中の長時間の心停止（クロスクランプタイム）である。

だから、心臓外科医は常に自分の技量により自分が担当する手術にどれぐらいのクロスクランプタイムが必要かと患者の心不全の状態、程度を見合わせて手術の計画を立てねばならない。

特に、手術前に心臓の機能が著しく落ちたような症例では、心停止時間をなるべく短くしないと、最悪の場合、手術が終わって自分の力で心臓が動かねばならない時に、十分に心臓が動かなくなってしまい人工心肺から離脱できない事になってしまう。

先月、重症の心不全を起こした、72歳の心臓弁膜症の患者が入院してきた。長年の病状の経過で心臓の機能は疲弊し今生きているのがやっとのところまで心臓機能は低下していた。

通常、心臓の弁を人工弁に交換するには一つに40分ほどかかる、4弁全て交換するのに2時間半前後の時間がかかる事になるが、誰がどう見てもこの患者に2時間以上心臓を止めるのは無理である。

せいぜい、心停止時間は1時間半であろう、長時間の心停止が必要な4弁全て人工弁に交換するのは避けて、主たる大動脈弁と僧帽弁を人工弁に交換する。

三尖弁交換せずに形成術と言って緩んだ弁組織を縫い合わせて締りをよくする。

肺動脈弁は手を付けずにする。

そうすれば、心停止時間は一時間半ぐらいで済む。

それでも、ここまで心機能の悪くなった患者では、人工心肺から離脱が可能かどうかが懸念される。

大学病院のような大きな施設では手術の前に術前カンファランスといって、医局員が一堂に集まり、患者の状態と予定される術式について検討する会がある。

この患者さんの術式も、もちろんカンファランスに提示された。

主治医であり執刀医となる徳田は心臓の四つの弁全てを人工弁に置換する手術と、合併している心房細動という不整脈を治療する心房切開術を心臓停止時間一時間半で行う事を主張した。

秋山も含めて多くの医局員ははたして一時間半の時間内に四つの弁の置換術と心房細動の手術を同時に行えるか甚だ疑問であった。

「この重症患者に四つの弁を取り換える必要はないし、それはあまりに危険な賭けではないだろうか、加えて心房細動の手術ね……。徳田君本当に君はこのクロスクランプタイム内で、四つの人工弁置換を含めた心内修復が完成できると思っているのかね」

まず、医局の長であり主任教授の杉山が質問した。

「普通の外科医ならば人工弁一つを交換するのに30~40分程度ですが、私はいつも20分を目指して動物実験で訓練を重ねてきました。また実際の手術でもそれに近いタイムレコードが出ている事はこのカンファランスのご出席の皆さんもご存知の事と思います」

確かに、今まで徳田のしてきた手術では一つの弁を交換するのに30分前後の時間を要し、たまに20分以内で終了する事もあった。

しかし、問題は四つの弁ともどれも20分以内に手技が終了できるかという事である。加えて心房細動の心内修復術に要する時間は30分前後、全てを行うとどんなに短くても2時間前後となる。

徳田の発言を聞いて、多くの医局員は達成可能かどうかに疑問を持ち同じ意見を持った者同士は顔を見合わせた。

しかし、そこで徳田は数多くの医局員の疑問を払拭するかのように、

「ここは、最新医療を担う大学病院です。一般病院と同じレベルの手術をしていては高度機能病院としては認められないでしょう。ぜひ、この四弁同時置換手術と心房細動の同時手術を行い。我々の関東医科大学の心臓外科が如何に日本での最高技術を提供している施設である事を世間に知らしむるべきでしょう」

さらに、徳田は付け加えて、

「私が最近聞き及んだ情報によると、東日本大学の心臓外科ではもっと重症な心不全の症例に四つの弁の同時置換手術を行い近々学会で発表するそうです。他の施設ではどんどん先を走っていています、月並みに安全な手術をしていては他の施設に取り残されるのみです」

大学病院でおこなわれるカンファランスで、手術方法などが教授をはじめとした医局員の一致で決められる。

この際には、例えばある病気に対して常識的で全員が納得できる方法が選択される時は問題なく進行する。

ところが、あまりお目にかかれない稀有な症例や重症例では治療効果、手術の安全性、成功率などを加味していろいろな意見が出され激論となる事もしばしばである。

最終的に手術方法を決定するために比重が置かれるものがある。

それは、「最先端医療を担う大学病院で行う価値のある手術であるか」と「他の施設に勝った治療方法であるか」である。

そういう意味で徳田のカンファランスでの発言は、自分の主張をより強いものとした。

徳田のプレゼンテーションが終わると、しばしの間があった。

やがて主任教授である杉山が壇上の徳田に問いかけた。

「徳田君、君の提案した術式で行った場合の成功率はどのくらいなんだね」

すかさず、徳田が、

「成功率が低い手術ならば私は提案しません。もっとも我々は常に3％前後のリスクは持っています。しかし、リスクを怖がっていてはいつまでたっても我々の教室は平均点がやっとの大学病院の心臓外科であり続けます」

徳田の発言が終わるとしばし沈黙が続いた。それは医局員の誰しもが3％どころではなくもしかしたら30％程度のリスクを持った手術である事が分かってはいるが、自分の所属している医局のレベルアップにも欲が出てしまったためであろうか。

一息おくと杉山が無言でうなずいた。それは徳田の提案したハイリスクの手術を承認する意思を示した。

会議では常に声が大きく堂々とした発言に意見が統一される。

甚だリスクが高く危険であると誰もが思っていても、徳田の自信溢れる発言や、自分たちの居る医局の名誉のために大きな反対は出ずに徳田の提案した四弁ともの置換術と心房細動の同時手術が決定してカンファランスは終了し解散となった。

「秋山先生、先ほどの弁膜症の症例どう思いますか？」

合同カンファランスが終了して、研究棟に足を向けて歩き出した秋山の後ろから追いかけてきた山岡が話かけた。

「そうだね、確かに大動脈弁と三尖弁は絶対手術が必要だね、残りの僧帽弁と肺動脈弁はそれほど悪そうには見えないけどね。特に、僧帽弁は造影検査でも徳田君が言うほどに高度な逆流はないと思うけどね」

「そうですよね、大動脈弁と三尖弁だけ治せば良いと思うんです。あんな心機能の悪い症例に3時間近い心停止をするのはあまりにも危険です。せめて1時間半くらいの心停止時間でどうしても手術の必要な二つの弁だけを置換するのが良いと思います。徳田先生は一弁置換するのに20分と言っていましたが、やはり30分と見積もるのが順当でしょう、それに心房細動の手術を加えると2時間半となります、一時間半は到底無理だと思います」

「僕も、そう思うけどね……」

秋山は答えた。

「最近、徳田先生の診療は目にあまるものがあります。この手術計画は明らかに業績狙いの匂いがしますよね。次期の教授選考は2年後、目と鼻の先ですからね。あからさまに秋山先生に対抗意識を燃やしていますよね。秋山先生、徳田先生になんか負けないでください、お願いします」

するとと、秋山がちょっと笑いながら、

「僕は、教授選はあまり興味がないな、僕なんかより、ひょっとしたら山岡君みたいな人のほうがむしろ教授候補に向いてるんじゃないか。君が主任教授になったら、僕は喜んで君の部下になるよ。そして、研究だけは継続させてくれと君にお願いするよ」

「秋山先生、先生を追い抜いて僕が主任教授になるんですか？　冗談は言いっこなしですよ、そんな事が起こる訳がないじゃないですか」

とは言うものの、もしも、秋山が主任教授になり山岡が今の立場でいるなら秋山が65歳で定年退職になる時に山岡は60歳、それから教授選に立候補するには遅過ぎることになる。

山岡にはいつまでたっても主任教授になるチャンスは巡ってこず、准教授のまま定年を迎える事になる。

秋山の発言は現実離れした話だが、もしも秋山が教授選を辞退したら、自分が主任教授になれる可能性があると気が付いた。

山岡の心の奥底に、自分の良識で鍵がかけられ封じ込められ決して人前に出してはいけないと言い聞かせていた出世欲や権力欲が、わずかに刺激された事を自分自身で感じた。山岡は羞恥の念にかられ苦笑いしながら秋山に答えた。

そして、「自分が主任教授？　そんな事は考えてはいけない。秋山先生の下で診療、研究を行い定年を迎える。それで自分の医師としての人生は良いのだ、十分なんだ」

無言で自分に言い聞かせた。

「まあ、四弁置換の症例だけど僧帽弁の手術が必要であるかどうかは、手術中に摘出された弁の病理検査の結果で明らかになるよ」

「さあ、今日もマウスを使って迷路で実験するか、でも先日のp2997が出した15分21秒の記録を破る奴は出てきそうにもないなあ」

二人は、夕暮れが迫ってきた夏空を眺めながら研究棟に消えていった。

クロスクランプタイム

徳田が手術を担当する事になった重症心不全、連合弁膜症、心房細動を合併した患者の名前は並木剛士という。

並木は50歳頃から弁膜症を発症して心不全に陥り入退院を繰り返した。その度に手術を勧められたが、心臓を止めての大手術に対する不安感から手術を拒否していた。

72歳になった時、心房細動と言う不整脈を合併して心不全をさらに悪化させ自力で歩行するのも不可能となり車椅子の生活となった。

ここに至り、もう内科的な治療では自分は生きていけないと考えて、徳田の説得もあって手術に同意した。

しかし、並木の車椅子を操作している心配性の妻は、手術が決まっても不安な表情を隠せない。

並木の手術日の8月5日となった。

その日の朝、徳田が病棟に回診に行くと、並木の部屋の前には心配そうに並木の妻の芳江と娘が立っていた。

「あ、徳田先生、今日は本当に宜しくお願いします」

徳田の姿を見つけると妻が駆け寄ってきて挨拶をした。

「先生、申し訳ないですけど、今日の手術は本当に大丈夫なのでしょうか、主人は今日手術をしたら、また昔のように元気になるのですよね」

心配そうに芳江が尋ねた、後ろではやはり不安な面持ちで娘が立っていた。

徳田は、

「先日もお話したとおり、心臓手術は約5％ほどの危険はつきものです。

しかし、やらなければ、確実に病状は進行して極めて近い将来に生命の危機をもたらすと思います。今は危険を押してでも、手術に賭けるしかありません」

「でも、先生、先日お話を伺った時には危険は数%とおっしゃってましたよね。私は1～2％と思っていましたが、5％も危険があるのですか？　本当に大丈夫なのでしょうか？　主人は元気になるのでしょうか？」

「心臓を何時間も止めて四つの弁を全て取り換えるなんて私にはおっかなくて……」

「一緒に入院している皆さんに聞いても四つの弁を取り換えた人なんて聞いた事もありません。

今日主人と同じように手術を受ける同室の清川さんは一つの弁だけ交換すると言ってました。

うちの主人も一つだけ弁を取り換えたら元気にならないんでしょうか？」

「そうですね、確かに先日は危険率は数％と話したかもしれませんが、ご主人の病状は心臓の機能が極めて悪く、それに付け加えて心房細動という厄介な不整脈も合併しているため、全てが不利な条件の中の手術になります。ですから、我々が通常行っている心臓手術よりは危険率が高いと考えるのが当然です」

徳田の言葉にはやや形式的な冷たい響きがあった。

後ろに立っていた娘が妻の芳江をなだめるようにして、

「お母さん、そんなに心配ばかりしたって仕方ないですよ。危険率が5％という事は95％は助かると言う事じゃないですか。徳田先生は関東医科大学の心臓外科の部長だし、手術の腕も日本のトップクラスと評判の先生ですよ。だから、徳田先生にお任せして、今日は手術をしてもらうしかないじゃないですか」

「徳田先生、申し訳ありません、母は昨日も心配で一晩眠れなかったようでした、兎に角心配性なのです。さあ、お母さん、お父さんのところに行きましょう、徳田先生も手術前にいろいろと忙しいと思いますからね。大事な朝の時間をあまりとらせてはいけませんよ」

「分かっているけどやっぱり心配なのよ。徳田先生兎に角、兎に角くれぐれも宜しくお願いします。しつこいようですが、本当に危険はないのですよね」

「大丈夫です、全力を尽くして頑張ります」

徳田は芳江の執拗な質問にやや不機嫌になりながら答えた。

妻の芳江は小さくうなずくと、娘に引きずられるようにして並木の部屋のほうに歩いていった。

二人は部屋に入る手前で後ろを振り返り徳田に会釈をすると並木の部屋に入っていった。

8月5日の手術当日は2件の弁膜症手術が第5手術室と第6手術室で行われた。

徳田の執刀する4弁置換術＋心房細動に対する手術は第5手術室で朝8時半から行われた。

第6手術室では午後1時から徳田の5年後輩の野上が執刀する僧帽弁狭窄兼閉鎖不

全症の手術が行われた。

こちらは単弁置換術と言って、一つの弁を人工弁に換えるだけの手術である。

一つの弁を交換するのに20分程度で4弁置換術+心房細動に対する手術となると2時間ほどの心停止（クロスクランプタイム）が必要であり、人工心肺の取り外しも加えると手術予定時間も約6時間であった。

並木に麻酔がかかり、体を消毒し、滅菌されたシーツがかけられ、無影灯が点灯され手術の準備が完了した。

手術着に着替え、術者の位置に立った徳田はやや緊張した面持ちで、手術に参加する助手の医師や、看護師や臨床工学士を見渡し、

「じゃ、皆さん今日はちょっと長丁場になるかもしれないが、宜しくお願いします」

軽く挨拶をするとメスを取った。

9時15分に手術は開始された。

胸骨正中切開と呼ばれる皮膚切開が胸の中央に置かれ、胸骨を縦割りにするボーンソー（骨を切るための電気ノコギリ）の甲高い音が手術室に響き渡った。

やがて胸が開かれ、心膜という心臓を包む膜が切り開かれるとそこに、長年の病態

で肥大しきって力なく動いている並木の心臓が露出されてきた。

「徳田先生、心機能は想像以上に悪いですね。心臓は拍動しているというよりはただ揺れているだけのような感じですね。こんな心臓を予定されていたように2時間近くも止めて大丈夫でしょうか」

第一助手の渡医師が独り言のように言った。

徳田は、ちらりと渡を見上げたがちょっと不機嫌そうな表情で無言で手術を続けた。四つの弁を交換するには拍動して血液の流れている心臓では手術ができない。そこで心臓を止めて心臓の中に血液が流れ込まないようにして無血視野を確保する必要がある。

心臓を止めている間は血液を体外に出し（脱血）し、血液を体の外にある人工心肺に送り込んで酸素と二酸化炭素を交換し体に送り返して（送血）生命の維持をする。

カニュレーションと言って人工心肺に繋げるための脱血管と送血管が並木の心臓に挿入された。

人工心肺に脱血管と送血管が繋がれると、体に空気を送り込まないようにするエア抜きと呼ばれる処置が施される。

「では、人工心肺をスタートしてください」と、徳田が言うと、

「人工心肺スタートします」臨床工学師が操縦して人工心肺のローラーポンプがゆっくりと回転し始めた。

透明な脱血管が並木の体から抜き出された血液で赤く染まり、ローラーポンプは徐々に回転速度を上げて、やがて2分後に、

「フルフロー（人工心肺だけで生命維持が可能な血流状態）となりました」と、臨床工学師が言うと、徳田は手術室の時計を見上げた。9時52分であった。

「全てが順調だ、何の問題もない」

徳田は独り言を誰にも聞かれないようにつぶやいた。

「これから、大動脈を遮断します、皆、準備は良いな」

徳田はゆっくりと大動脈遮断鉗子を絞めクロスクランプをした、そして心臓にカルディオプレギアと呼ばれる心停止液が注入されて並木の心臓は拍動を停止した。時間は10時05分であった。

心拍が停止し、血液の流れ込まなくなった心臓に切開を入れて、人工弁置換術が開始された。

並木の病状により荒廃した自分の弁は取り外されて人工弁に置き換わっていった。

手術操作をするための会話のみが静かに交わされて、粛々と弁置換術が行われて

いった。

　そして四つ目の弁を縫い終わった。

「クロスクランプタイムは今どのくらいだ」

　徳田が人工心肺操作を担当している臨床工学士に尋ねた。

「110分、1時間50分です。」

「後は心房細動の手術を残すだけか……」

　すると助手をしていた渡が、

「徳田先生、心房細動の手術は諦めたほうが良いんじゃないですか。ここまでクロスクランプタイムがもう限界かと思いますが」

「東日本医科大学では4弁置換をして成功している。だが彼らは不整脈は治しておらず、術後心不全のコントロールに苦労している、それに勝つためにはプラスαが必要だ、心房細動も治れば完璧な手術となる」

「でも、心房細動の手術をすると2時間半近くのクロスクランプタイムになってしまいます。術後に低心拍出量症候群になって人工心肺から離脱できなくなってしまいます」

「兎に角、カンファランスでは4弁置換プラス心房細動手術と決まったんだ、助手は術者の決定に従って手技を継続すればいいんだ」

言い放つと徳田は黙々と手術を続けた。

そして心房細動の手術を終了し切り開かれた心臓を縫い終わると徳田は大きな息をして、

「終了だ、大動脈の遮断解除（デクランプ）するぞ」と言って数時間前に絞めた遮断鉗子をゆっくりと解放した。

遮断鉗子を解除しながら手術室の時計を見上げると、時間は12時25分となっていた。

「クロスクランプタイム2時間20分か、予定時間をちょっとオーバーしてしまったな、兎に角心臓を早く動かそう」

通常、これで心臓に血液が再び流れ込み、心臓の拍動が開始されて、人工心肺から離脱して手術が終了となる。


ところが、その日は心臓の拍動がなかなか戻らない。

2分待っても戻らない。

やがて心電図が小刻みに動き始めて心臓が痙攣する心室細動になってきた。

「心室細動か、まあ、この心臓では仕方ないか」

「じゃ、バーター（電気ショックをかける除細動器）を使いましょう」

「20ジュールでお願いします」

徳田はバーターのスイッチを押して心室細動を起こしている心臓に電気ショックを与えた。

しかし、心臓は電気ショックを受けた後にも心室細動のままであった。

「ダメか、じゃ40ジュールで」と言ってバーターの出力を2倍に上げてもう一度電気ショックをかけた、しかし心臓の拍動は戻らない。

「仕方ない、100ジュールまで上げましょう。心臓が大きいから出力を上げないとダメなんだろう」

めったに使わない100ジュールで電気ショックがかけられた。

すると、並木の心臓は一回全く止まったように見えたかと思うと、ユックリと心拍を開始した。

ペースメーカーを使って心拍を80／分とした。

人工心肺から離脱しようとしたが今度は血圧が思うように上がらない。自分の心拍では血圧が50㎜ｈｇも出ない。

昇圧剤（血圧を上げる強心剤）が大量に投与されたが血圧80㎜ｈｇがやっとである、

これでは胸を閉める事ができない。

あの手この手を尽くして人工心肺からの離脱を試みたが結局離脱できなかった。

並木は心臓手術後に起こる最重症の心不全状態に陥っていた、理由は2時間20分の長時間の心停止（クロスクランプタイム）である。

「昇圧剤を使う限界ですね、仕方ないから、ＬＶＡＤ（左心室の補助循環装置）を使いましょう」

徳田は決断して、左心室に補助循環装置を使用する事にした。

術後血圧の上がらない場合の最終手段の選択であった。

徳田は黙々とＬＶＡＤを並木の心臓に装着する手技を行った。

そして並木の体は麻酔から目覚める事もなく、人工呼吸器に繋がれた状態で、術後管理のためにＩＣＵ（集中治療室）に移動した。

時間は午後6時20分であった。手術予定時間を3時間以上も上回っていた。

並木がＩＣＵに入って40分ほどすると、並木の家族がＩＣＵに招き入れられた。

妻の芳江は長い間の家族待合室での待機に疲れきり、憔悴しきっていた。

青白く不安げな表情で娘に抱きかかえられるようにして並木のベッドサイドにやっ

と歩いてきた。

意識がなく、人工呼吸器で動く並木の体を見て、芳江の不安は一層のものとなった。

「徳田先生、予定より随分時間がかかったようですが、何かあったのでしょうか、意識もないようですし。何だか管がいっぱいついているようですけど……」

「手術は予定通り四つの弁を予定の時間で交換できましたが、手術が終わってから血圧が思うように上りませんでした。そういう状態を術後の低心拍出量症候群と言います。あらゆる手を尽くしましたが、通常の昇圧剤や強心剤では血圧が維持できなくなり、やむをえずLVADという補助心臓のような機械を取り付ける事にしました」

「徳田先生のおっしゃる事は何だか難しくて、私にはちっとも分かりません。

あとどのくらいしたら主人は目を覚ますのでしょうか、話ができるのでしょうか？」

「通常は半日ほどで心臓の機能は回復してきます、血圧が上ってきて、尿が出てくれば大丈夫です」


人間の体の血液の流れの状態を表現するのに血行動態という言葉が使われる。

血行動態の良し悪しを判断する最も大切な指標は血圧の値と一時間で尿量がどのく

らい出るかである。

並木の妻芳江とその娘に話しながら、尿量を測るため並木の体に入れられた管に徳田はチラリと目線を動かした。

ＩＣＵに入ってからもう一時間ほど経過したのに、尿量はほぼ0であった。

血圧も80㎜ｈｇがやっとであった。

並木の家族の面会が終わり、ＩＣＵを出ていくのを見送ると徳田は並木の隣りのベッドに寝ている患者を見た。

そこには今日の午後から開始されて、野上の執刀のもと予定通り4時間ほどで僧帽弁のみが人工弁に交換されて手術が終了した患者がいた。

すでに人工呼吸器は外されている。こちらは全てが順調に進行しており、明日はＩＣＵを出て一般病室に移る事になっていた。


徳田の後輩の心臓外科医の野上は自分が手術をした患者が順調に回復している事を確認すると、ＩＣＵの隣にある小部屋で手術記録を書き、今日の手術で心臓から取り出した僧帽弁をホルマリンで満たされた透明のプラスチック容器に入れてフタをした。

そして、病により荒廃した僧帽弁を病理検査（顕微鏡下での組織検査）に提出するための書類を書き、僧帽弁の納まっている透明の容器に患者のカルテ番号、氏名、摘出した日時を記入したシールを貼った。

野上は、小部屋のドアが開く音が聞こえ、後ろを振り返ると徳田がやはり四つのプラスチックの瓶を持って入ってきた。

「徳田先生、今日はだいぶ時間がかかりましたね、患者さんは低心拍出量症候群になったようですが大丈夫でしょうか」

「そうだね、クロスクランプタイムが予定より長かった事が災いしたね。僕は一時間半ぐらいでやりたかったが、結果的には2時間20分もかかってしまった。おかげで今の状態だ」

「尿量は確保されているのですか？」

「今はほとんど無尿の状態だ」

「それは、困りましたね、早く尿が出てきてくれればいいですね、今晩が山ですね」

「うん、そうだな」

野上は、思い出したかのように、

「もう、数時間前にＩＣＵの入口のところで並木さんの家族に会いました。

奥さんはすごく心配そうでした。僕に、並木の家族ですが今手術はどうなっているのでしょうかと聞いてきました。僕は、ちょっと時間がかかっているけれど、徳田先生が手術をしているから大丈夫ですよ、と答えておきました」

「そうか、有難う。しかし、状況はこんなだ。厳しいな」

徳田は野上にお礼を言った。

「兎に角、循環動態が改善して、早く尿が出てくればいいですね。きっと明日の早朝には尿がどんどん出てきて、血圧も上がってきますよ」

疲れた表情の徳田を励ましながら野上がそう言っている時に、野上の院内用のPHSが鳴った。

「病棟からです、ちょっと失礼します」

と、電話に出るとしばらく話をしていた。

「分かった、すぐに病棟に行くから、ちょっと待っていてくれ」

電話を切ると、

「3日前に手術を行った患者さん、容態が急変したみたいです。これからすぐに摘出した僧帽弁を病理に提出してから病棟に行きます」

するると、徳田が、

「それじゃあ、遠回りだ。僕も、これから、今日取り出した弁を病理に持っていくんだ、君の検体と書類も僕がついでに持っていってあげるよ。そこに置いておけばいいよ。そして早く病棟に行ったほうが良いよ」

病理の提出先は入院病棟とは離れている別棟内にある。

検体を持っていくのはちょっと手間である。

「そうですか、お疲れのところ申し訳ありません。助かります、お言葉に甘えます。じゃ病理のほうはお願いします」

野上は、自分が手術した患者の僧帽弁と書類を机の上に置いて、病理への提出を徳田に託してＩＣＵの隣の小部屋を出て病棟に急いだ。

野上が部屋を出ていった後、徳田は野上が置いていったプラスチックの透明な容器を手に取った。

そして、野上が患者から取り出して病理に提出するために、ホルマリンに漬けられた僧帽弁をしばらく眺めていた。

それは、抗生物質が登場してからあまりお目にかからなくなったリウマチ性の病変の進行したもので、正常の原型を全く残していなかった。

「野上君の患者の僧帽弁はひどいな……」

と、ため息をつきながら独り言を言った。


その夜は長かった。

並木が手術室からICUに入ってから、並木の容態は好転しなかった。

血圧は低下の一途を辿り、血圧を上げようとするため点滴から入れられる昇圧剤や強心剤はどんどん量を増していった。


人工呼吸器の酸素濃度はICU入室から100%のままで、我々が日常吸っている空気の酸素濃度の20%にはほど遠く一向に人工呼吸器の酸素濃度を下げられない。

手術翌日の明け方には、心不全の最悪の状態である肺水腫（肺の組織に水が溜まり酸素と二酸化炭素の交換ができなくなる状態）となった。

並木の妻芳江と娘は、外の景色が明るみを帯び始め、鳥のさえずる声が病院の中庭で聞こえ始めた頃、再びICUでの面会をしながら徳田の話を聞いていた。

「ご主人は心臓手術後に起こる重症心不全となってしまいました。我々は全力を尽くしていますが、残念ながら未だ回復の兆しが全く見えません。この通り、人工呼吸器も外せず麻酔から覚めない状態です。血圧を上げる薬の量もICU入室直後に比べると3倍以上の量となってしまいました」

心配性の並木の妻が叫ぶように言った。

「先生、大丈夫でしょうか、昨日先生がおっしゃった尿は出てきているのでしょうか」

「それが……」

徳田は、ほぼ何も溜まっていない尿を溜める容器に目を移した。

「徳田先生、主人とは何時になったら話せるのでしょうか？　今ちょっとだけでも話せるように麻酔を覚ましては頂けないのでしょうか？」

「それが……今は無理です、もうしばらくお待ちください」

すると、それまで無言で母親の横に立っていた娘が、

「先生、父は本当に弁を四つとも取り換える必要があったんでしょうか？　この手術はあまりにも危険だったのじゃないんでしょうか？」

「いや、手術は必要でした、昨晩も病理に提出するために並木さんから取り出した弁を拝見しましたが、四つの弁ともにボロボロでいつ破れ飛んでもおかしくない状態でした」

無言のまま横たわっている並木の体にしがみつきながら泣いていた妻の芳江が、

「私も、こんな立派な大学病院のお医者さんの言う事は信じたいと思います。でも四つの弁が入れ替わっても、こんな状態では生きていません。もう元の体には戻れないですよね。一体、いつになったら主人と話せるのでしょうか、手術前に伺った話では手術をした日の夜には話せるようになるっておっしゃってたじゃないですか」

「兎に角、今は無理です。我々も全力を尽くして治療に当たりますのでもうしばらく待合のほうでお待ちください」

並木の娘のほうに目配せした。

「お母さん、先生方も寝ずに一生懸命なのだから、もう少し待ちましょう。全然寝てないから、少し待合室で仮眠をとりましょう。目が覚めたらお父さんはきっと良くなってますよ」

と、言って何度も振り返る母親を抱きかかえるようにして、ＩＣＵの病室から出ていった。

そして、半日が過ぎ去った。

あらゆる手を尽くしたにもかかわらず並木はその日の夕方に心拍が停止して死亡した。

死亡診断書には直接死因の欄に「開心術後の低心拍出量症候群」、発症から死亡までの期間の欄には「2日間」と記されて、徳田一理の署名がされていた。

回診中の出来事

秋山の身に事件が起こったのは8月26日金曜日である。

その日、秋山は午前中の外来を終了すると、いつものように数名の脳外科チームの部下と地下にある病院の食堂で昼食をとりながら雑談をした。

3週間前に心臓外科の徳田が執刀し四弁置換をして、術後早期に死亡した並木の事が話題になった。

一人の若い外科医が、

「大体、あの心機能の悪い患者にクロスクランプタイムを2時間以上も使って弁を四つとも入れ換えるなんて聞いた事が有りません。二弁置換をするだけなら2時間以内で済んでいたのに、四弁とも取り換えてその上、よせば良いのに心房細動の手術までしてクロスクランプタイムを長引かせたんですからね。教授選も近いので自分の存在感を学内に認めさせたり、四弁置換をしたものの心房細動の同時手術ができなかった東日本医科大学に対抗意識を燃やしてやったとしか考えられませんね。徳田先生のやり方はむちゃくちゃ強引ですよね」

すると、もう一人の外科医が、

「でも脳神経外科の我々がいくら無理と言っても、カンファランスでは『部外漢が何を言うか』という感じで一蹴されてしまう。大体僕は今の合同カンファランス自体あまり意味がないと思います。例えば今回の事例だって、我々の意見なんか参考程度でしか採り上げられません。採り上げられないどころか、黙殺される事だってしょっちゅうじゃないですか。杉山主任教授も我々の意見を部外漢のものだと思わず、採り上げてくれて、徳田先生にブレーキをかけてくれれば、こんな事態にならなかったんじゃないですか」

さらに、もう一人が、

「カンファランスに参加している医局員のほとんどは、この手術が徳田先生の業績狙いのスタンドプレーだった事を知っていたし、誰も徳田先生を制止できなかった事に原因がありますよね。ああいう事が何回も起こると、大学内における我々の外科医局のイメージが悪くなりますよね。すでに、麻酔科や患者さんを紹介してくれた循環器内科、術後にＩＣＵで治療を担当してくれたＩＣＵの先生方の間では、悪い噂が流れていますよ」

ある若い外科医が秋山に質問した。

「大体、秋山先生、あの患者は本当に四弁ともに交換する必要があったんですかね。UCG（心臓超音波検査）の結果から見ても、カンファランスで見た心臓カテーテル検査の左室造影から見ても僧帽弁はそんなに悪くなかったんじゃないですか？」

秋山は少し考えてからうなずくように、

「僕も、確かに君と同じような印象を持ったけれどね、でも手術後の報告会で出てきた病理組織の結果から見るとやはり人工弁に置換が必要だったみたいだね」

手術が終わった後に、手術を行って問題となった症例などをまとめて検討する報告会が外科医はもちろん、内科医、病理医等が参加して行われる。

先日、徳田が手術をして術後に死亡した症例は当然報告会で、手術の術式の選択に誤りがなかったか、術中の操作に問題がなかったか、術後の管理に問題がなかったかが検討される。

徳田の症例については特に、四つの弁とも人工弁に置換する術式の選択が本当に正しかったのか賛否両論が飛んだ。

四つの弁とも交換するのに必要なクロスクランプタイムが心機能の悪い症例にあま

りにも長かったのではないか、また予定時間以上にクロスクランプタイムが長くなってしまったのは技術上の問題がなかったのかが議論された。

しかし、やはり議論の中心は僧帽弁の置換が必要であったかどうかである。

秋山に質問した若手の医師と同じような疑問を、他の外科のスタッフは多かれ少なかれ抱いていた。

しかし、医療現場ではある事例に対して画一的な結論は出ずに、最後は受け持ち医や手術なら執刀医の医師の裁量に任される事が多い。

それに徳田は心臓外科チームのトップであるし、また関東医科大学の谷城学部長の血縁関係でもある。

誰もが徳田の医療行為が誤っていたとしても表立って徳田を非難できないのである。

やがて病理医からの報告の順番となった。

並木の心臓から取り出された僧帽弁の病理組織像が報告会の会場のスクリーンに映し出された。退行変性と線維化が著しくほとんど生きている組織のない僧帽弁の組織であった。

「このように、組織の退行変性は強く、僧帽弁全体では所謂カチカチの状態で、癒着が激しく、弁の開閉が不可能な状態でした」

人工弁に置換するべきかどうかは、その人自身の弁がどれだけ病的に変性しているかにかかっている。

つまり病理組織像にかかっている。

スクリーンに映し出された組織を見る限りでは人工弁に換えるのが妥当であると、報告会に出席していた誰しもが思い納得した。

全員がスクリーンに映し出された病理組織像に見入っていると、

「患者さんが不幸にして亡くなられて残念な結果に終わったが、病理から報告があったように僧帽弁もこれほど変性が進んでいたら、置換するしかなかったと考える。手術をしなければ重症心不全から回復する見込みはなかったし、もう数か月で心臓移植でもしない限りは生存する可能性はなかった。四弁置換は心停止時間がかかり過ぎたので、クロスクランプタイムをもっと短くする工夫を考えるべきだな」

主任の杉山が、締めくくって言った。そして手術の報告会は終了した。

秋山はその報告会の事を思い出しながら、若い医師たちと話していた、そして若い医師たちに向かって、

「外科医は常にハングリー精神を持って自分の限界に挑戦しなくてはならない。

たまたま結果は悪く出てしまったが徳田先生のチャレンジ精神は尊敬しなくてはいけないな」

「成功すれば称賛されるが、事態が今回のような事になるとあっちからもこっちからも非難が浴びせかけられる。これは外科医の宿命だ」

やや、徳田を弁護する側に回っていた。

報告会では徳田の手術は一応妥当であったと結論がなされて終了した。

一緒に食事をとっていた、別の若い医者は、

「最近、徳田先生はドイツのアーバービル社の新しい人工弁を使っていますよね。あの人工弁は世界ではまだ使用頻度が少なく、長期成績もまだ出てないんですよ。今回のようなチャレンジケースでは、やはり安定して使用実績の確立されているアメリカのミッドテーラー社の人工弁を使うべきだったんじゃないでしょうか」

人工弁は世界で数社が生産販売している。その中でもミッドテーラー社の人工弁は過去20年間世界中で使われてシェア第一のものである。

ドイツのアーバービル社の人工弁はまだ普及しておらず日本でもわずかしか使われていない。

新しい人工弁を普及させるためには、外科医に使用してもらい長期成績を出してもらったり、学会で成績を発表して宣伝してもらうしかない。

また、人工弁は一つ100万円ぐらいする。単純に4弁換えれば400万ほどの売り上げとなる。

何処の会社の人工弁を使うかは外科医の判断に任されている事が多い。

そのため人工弁を一つ使用すると研究費の名目で外科医にバックマージンが出されているとの悪い噂も囁かれている。

「最近、アーバービルの社員が徳田先生の後を追いかけ回っているのも、何か胡散臭いですよね」

「どうせ、徳田先生は何個か人工弁を使って、その成績を発表して、論文を書こうとしてるんじゃないですか。新しい物を使って誰もまだ経験してない成果を作って発表して自分の実績にする。最も簡単な業績の上げ方ですよね」

「徳田先生は研究の実績があまりないから、こんな方法でしか論文を書くしかないんです。2年後には教授選があるし、徳田先生は業績が少ないから、こんな安易な方法で業績を稼ごうとしているのは見え見えですよね」

と、徳田のやり方を酷評する、血気盛んな若い外科医もいた。

秋山の隣で昼食をとっていた山岡が、

「実は並木さんの義理の弟さんを僕は外来で診ているんです。数年前に小さな小脳梗塞を起こしましてね、今では麻痺もないのですが抗凝固療法のために通院しています。それで、彼も並木さんの事は大変心配していて。手術前に本当に弁を四つとも換える必要があるのかと聞かれたんです」

山岡の話によれば、並木の義理の弟はここ数年間は山岡の外来に通院していて、山岡との信頼関係は強い。

事あるごとに山岡にいろいろな相談を持ちかけてきていたが、今回は自分の義理の兄の件だけに真剣そのものであった。

並木の家族が手術を躊躇する理由は四つの弁の交換が医学的に必要かどうかという問題だけではなかった。

それまでの徳田の態度や、上から目線の会話に、何処か患者の家族と徳田の信頼関係がしっくりいっていなかったらしい。

心臓外科チームの患者の手術方針に同じ外科の医局とはいえ門外漢の山岡が意見を言う訳にはいかない。

山岡は並木の義理の弟に、良いとも悪いとも言えず。

「徳田先生は経験も豊富だし、外科医としての腕も良いのであまり心配ばかりせずに任せなさい」

と、並木の義理の弟に話をしたが、山岡自身も手術方針に納得がいかなかった事もあり、何となくしどろもどろの返事になってしまったと話していた。


「並木さんにかかった医療費はすごいですよ。人工心肺を使った長時間の手術、四つの人工弁さらに心房細動手術の手技料、補助循環装置のLVADを使用してのICU管理などですが、おそらく2000万円以上はかかったんじゃないですか」

脳外科チームの井上が言った。

秋山は井上を見て、

「2000万か。3割負担でも600万円が自己負担になるな。そんなお金をポンと払える家族なんてなかなかいないな、無事生存して退院したならまだしも、今回は死亡退院だからな。家族としてみたら、手術して患者さんが亡くなられて悲しみに暮れているところに、600万の請求書が来たら悲しみを通りこして怒りに変わってしまうだろう」

　すると井上は、

「でも大丈夫なんですよ」

「どうして、ああ、そうか高額医療制度を使ったんだね」

　高額医療制度とは高額な医療費が生じた場合、その人の年収に合わせてある一定のお金さえ払えば、残りの自己負担金は国や市町村が負担してくれる制度だ。

「そうじゃないんです、並木さんは主要臓器高度障害者だったんです。だから自己負担は0でどんなに治療費が高くても並木さんがお金を払う必要はないんです」

　現在の日本の医療制度では、主要臓器高度障害者の人はどんなに治療費がかかっても本人負担は0である。

　病院はどんなに高額な医療を行っても、確実に収入は見込める。

　もちろん外科の収入実績にも大きな貢献をする。

　そう考えると今回の危険で高額な4弁置換手術の施行が許可された事、行われた事に、主任教授の杉山や執刀医の徳田の単純な医療面だけからではない、さまざまな思惑が感じられる。

秋山は自分の腕時計を見ると、

「今回の手術はいろいろな意味で問題を提起したようだね」

「さあ1時だ、回診の時間だ。みんな病棟に行こう、来週も難しい手術が沢山待ち受けているぞ。週末はユックリ休んで、パワーを蓄えるんだな」

脳外科グループは食事を終えて金曜午後の病棟回診に向かった。

いつも研究でも臨床でも相棒であった山岡が回診に付き合って秋山と病棟の回診をしていた。

通常は、3階にあり手術室に直結したNICU（脳神経外科の集中治療室）から回診が始まる。

金曜の午後は地下一階の食堂で昼食をとった後に階段で3階まで上る。

若い医局員と階段を上る途中、秋山は左胸に違和感を覚えた。軽い痛みであったが、うっすらと不安感、恐怖感を伴った。

階段を上るスピードを少し遅くすると、その痛みは薄らいだ。

そして3階のNICUに到達した時は先ほどの胸の痛みと違和感はほぼ消失してい

た。

胸の痛みを感じ始めた時には不安感を伴ったが、歩行スピードを落としてその症状がなくなると今度は、

「なんだ大丈夫じゃないか、自分は病気になんかなっていない、そんな訳がない」と、自分に言い聞かせて妙に根拠のない自信が湧いてきた。

その日も三名ほどの術後の患者がＮＩＣＵで治療を受けていた。

秋山は担当医から報告を受け、治療薬の選択や、点滴の指示、今後の検査の計画、呼吸器の設定など細かく一人一人の患者に対して担当医にアドバイスをした。

20分ほどでＮＩＣＵの回診を終えると一行は8階の脳外科一般病棟に向かった、いつも通りに階段で8階まで上っていった。

6階にさしかかる頃に、秋山の左胸には先ほどの違和感が再び感じられるようになった。そしてどんどん症状は強くなり、胸痛に変わってきた、不安感は先ほどとは比べものにならない。

「ちょっと用事を思い出したから皆は先に病棟に行ってくれ」

秋山は、振り向いて今上ってきた階段を下りるかのようなしぐさをした。

一行は秋山の言葉を信じて、階段を上り続けていき、やがて秋山の視界からは消え

た。

秋山は思った。

「ひょっとしたら狭心症かもしれない？」

最近階段を上った時や、家の近所で夕飯後によく散歩で小高い丘の上にある公園に行く時に、わずかではあるが胸に違和感や軽微な胸痛を感じていたのは事実である。

秋山は階段を下りた訳ではない。回診の一行の目を避けるためにそのような行動をとった。少し階段の手すりに摑まって休むと、違和感や胸痛はなくなった。

「さあ、後ちょっとだから階段を使って病棟に行こう」

再び階段を上り始めたが、8階に到着したと同時に激痛が秋山の左胸に襲いかかってきた。


それは秋山の生涯で未だ経験した事のない強い痛みで、同時に強い不安感が襲ってきた。

心臓の鼓動は高鳴り、自分の脈が異様に早くなりまた不整を感じ取った。

それと同時に、胸を抱えて座り込んでしまった自分の膝元に自分の額から噴き出した脂汗が音を立てて落ちてきた。

意識がもうろうとし、遠くのほうから異変に気が付いた看護師がスローモーションの画像を見るかのように駆け寄ってくるのが分かった。

その直後に、自分の後ろから、

「秋山先生、どうしましたか！　大丈夫ですか！」

大声で叫ぶ声が聞こえた。声の主は聞き慣れた共同研究者の山岡の声であると分かった。

秋山は、

「胸が痛い、とてつもなく……」

と今まで出した事もないような大声で嗚咽をもらし叫びながら、廊下に倒れ込んだ。

足を激しく動かしばたつかせ、胸をかきむしってもがき苦しみながら、目の前が真っ暗になると同時に意識を完全に失った。

闇の中の会話

秋山は一体自分が何処でどうなったか、どのくらいの時間が経過したのか分からないが、目が覚めた。

自分が目覚めた場所は、今まで自分が寝起きした事のないベッドのようだ。

そして、体のあちらこちらが痛い。何故だか分からないがけだるい疲労感と痛みを全身に感じる。

特に胸が痛い、深呼吸をしようとすると胸が痛くて途中で止めざるを得なかった。

自分が今何処にいるのかを確認するため、周囲を見渡した。

目が覚めて焦点が合ってくると真っ暗な空間に心電図や呼吸、血圧のモニターが動いているのが目に入ってきた。

一体誰の心電図モニターを見ているのだろうか、ここには自分以外の誰もいないのであろうか。

ひょっとしたら、自分はもう死んでしまって地獄にいるのだろうか。

真っ暗な空間に一人で取り残された感覚で不安や焦燥感が秋山の脳裏を襲った。

秋山が自分がおかれている状況が分からず困惑していると。

「ようやくお目覚めですか？」何処かで聞き覚えのある声がした。

「かれこれ、一か月近く眠っておられました、今は9月21日です」

「時間は午前10時20分です」

「何処か、不自由なところはありませんか」

秋山は聞かれたが、自分が今どのような状況になっているのか理解ができない。

目で見て自分の状況を確認しようと思ったが、真っ暗で自分の手さえ見る事ができない。

ただ、心電図に同期する音や、モニター類のインジケーターランプだけが暗闇の中で確認された。

自分は眠っていたのだろうか？

最後に記憶のある事は……。

そうだ、病院の階段を上っていたら、いつになく油汗が急に出てきて、胸が苦しくなったんだ。

そして、助けを求めて叫んでいたんだ、そうしたら何処からか山岡君が来てくれて……。

山岡君が自分の名前を大きな声で繰り返し呼んでいたが、その声が段々と小さくなり、彼の顔も段々おぼろげになったところまでは思い出せるが、その後は皆目思い出せない。

いや、覚えていない。

そうだ、今は話しているのは山岡君のようだ。いつもとは声の質が違うが、言葉のイントネーションは同じだ。

「君は山岡君かね」

先ほど聞こえた声がするほうに向かって喋った。

「秋山先生、そうです。山岡です」

九州なまりが少し残るイントネーションで答えが返ってきた。

「君は風邪でも引いたのかな。声の質がいつもと違うようだが」

「いいえ、特に風邪は引いていませんが、私の声はおかしいでしょうか」

「ところが、おかしな声は君の声だけではない。僕の喋っている僕の声もまたいつもの自分の声と違って聞こえる、僕も風邪でも引いているのだろうか。だが、この声は何処かで聞きおぼえがあるが、さて誰の声だっただろうか？　まあ、いい。ところで僕はどうしてこんなに暗い部屋で寝ているのだろうか？　ちょっと教えてくれないだろうか」

「秋山先生、今の状況についてお話をいたしますが。落ち着いて聞いて頂けますでしょうか？」

「そんなのは分かっているよ。さあ、早く今の状況について教えてくれ。できたら電気をつけて明るいところで話したいのだがどうだろうか、ちょっと電気をつけてくれないかね」

「これから、私がお話しする事をご了解頂いてから部屋の明かりをつけさせて頂きますのでもうしばらくお待ちください」

「分かった、兎に角、話を早く聞かせてくれ」

せかせる秋山をなだめるようにゆっくりと山岡が喋り始めた。

「秋山先生はご自身が心筋梗塞になられて、大学病院のB棟8階の病棟の廊下で倒れた事を覚えていますでしょうか」

「確かに、回診中に最初は何か不気味な予感が急にしてきた。ちょっと立ち止まって休めば良いかと思って立ち止まったが良くなるどころか、今度は胸が痛くなりひょっとしたら心筋梗塞の痛みかなと思った。痛みはアッという間に僕の胸全体に広がり、立っている事すらできなくなり、思わず倒れ込んで助けを呼んだ、そうしたら、何処からか山岡君の声や、病棟の看護師さんの声が聞こえてきた。……覚えているのはそこまでだ、その後はどうなったのかまるで分らない。全く何の記憶もないが、どうやら僕は助かったみたいだね」

「そうですよね、先生、それは当たり前の事です」

「私も以前から、おかしいとは思っていたんですが、秋山先生は3階のNICUから8階の脳外科の病棟に上る時に階段を使っていましたよね。そして、ここ数か月は私も一緒に上った時に途中で休むようになりましたよね。そんな時に先生は私に『先に病棟に行ってくれ。自分はちょっと休んでから行くから』と言って私に先に病棟に行くように指示していました」

「確かに、そうだった。8階まで行く途中で胸がいつになく苦しくなり、休まざるを得なくなったんだな。僕も心臓病は専門ではないけれど、医者だからね、ひょっとしたら狭心症かもしれないと思って、近々循環器内科の診察を受けようと思っていたんだ」

「そうですね、秋山先生の直感は当たってました。先生は回診中に重症の狭心症を起こして心筋梗塞となりました」

「やっぱりそうだったか……」

「秋山先生は病棟の廊下で倒れました、我々が駆けつけると胸を押さえて、廊下をのたうち回りながら大声で助けを求めていました」

「よく、重症の心筋梗塞の患者がＣＣＵに入院した時に見られる光景だな、それを僕が脳外科の病棟の廊下でやったんだね」

「そうなんです、やがて大きな叫び声を上げると全身が痙攣しました。心筋梗塞の最悪の合併症の心室細動になりました。それからは、病棟の廊下は修羅場です、先生を手近にあったストレッチャーに担ぎ上げました。救命センターから応援に来たチームが気管内挿管をして呼吸を確保して人工呼吸を開始し、循環器から駆けつけてきたチームは心臓マッサージをしながら電気除細動を何回もかけました」

「それで、僕は一体どうなったんだ？」

「残念ながら除細動を何回かけても、そのつど電気ショックで先生の体が小刻みに痙攣するだけでした。正常の心臓調律に戻る事はありませんでした、血圧も50以下となりました。やがて、循環器チームの一人が先生の横たわっているストレッチャーに馬のりになって心臓マッサージをしながら、エレベーターを使って地下のカテーテル室に移動して緊急カテーテルとなりました。心室細動のため血圧が出ないのでＰＣＰＳ（補助循環装置）を挿入して血行動態を維持して心室細動のままカテーテル検査となりました」

「山岡君、当事者の僕が言うのもおかしいが、それは最悪の事態じゃないか。僕はそんなシーンを何回か見ているが、生きて退院した人を見た事がない。でも僕は生きている。何故だろうか？　何か奇跡でも起こったのだろうか？」

秋山は身を乗り出すようにしながら、

「それから何が起こったのか、教えてくれ山岡君、頼む。」

と、山岡に懇願した。

「私も、カテーテル検査の映像を操作室で見ていました。モニターに映し出された映像からは、心筋梗塞の最悪のケースとなる左冠動脈主幹部の完全閉塞でした。循環器チームは、閉塞してしまった主幹部をカテーテルを使って再開通させるあらゆる努力をしましたが3時間の時間を要しても成功しませんでした」

「カテーテルがダメなら、緊急バイパス手術という方法もあったのではないのかな」

「そうなんですけれど、問題は心室細動です、心室細動のままでは、正常の心拍に戻らなくてはバイパス手術は意味がありません。カテーテル治療が不成功に終わると、先生はＩＣＵに移され、人工呼吸を行い、人工心臓が装着されました。そして、移植ネットワークに直ちに登録されて脳死となり心臓を提供してくれるドナーが現れるのを待ちました」

「それは、大変な事になったな、皆さんには迷惑をかけたな」

「心臓移植ネットワークへの登録が済むと、秋山先生の脳波を取る依頼が私にありました。移植に先立って、先生の脳細胞が正常に働いているかどうかを確認する作業です」

「それで、僕の頭はどうだったんだね、脳波は正常だったんだろうね。そうじゃないと今、僕は君とこうして喋ってられないよな」

「ところが、おそらく最初に脳外科の病棟で倒れて心室細動になった時に血液が頭に行かず、大脳は血液が足りない状態（虚血）に陥ったのでしょうか、特に生命の維持に必要な脳幹のダメージが強かったですが、大脳皮質の電位は残っていました」

「それじゃ僕の大脳皮質にある記憶が消えてはなかったんだね」

「最初に先生の脳波検査を行ったのは先生が急性心筋梗塞を起こした当日でしたが、その後は日にちを空けて３回ほど脳波検査を行いました」

「そうか、じゃ段々と脳の活動は戻ってきたんだね、だから僕は今、山岡君とこうして話ができるんだよね」

「秋山先生の気持ちは分かりますが、事実はその反対です。脳波計に記録される先生の脳波は検査の回数を重ねるごとに電位が低くなり発症から7日後の4回目の脳波検査ではほとんど微弱な脳電位しか記録されなくなりました」

脳波を専門として長年研究をして来た秋山が「微弱な脳電位しか記録されなくなった」という事がどんな事を意味しているのか当然分かる。

「と言う事は僕は脳死になったと言う事だね……」

「残念ながら、そうなんです、8日後の5回目の脳波検査でも脳電位が得られず自力での生命維持は困難と診断されました」

山岡の言葉が終わると、しばらく沈黙が続いた。

秋山は脳死となった自分が何故、今、山岡と話をしているのか理解できず混乱した。夢を見ているのか、地獄で山岡と話しているのか、はたして完全に混乱した自分が精神病になったのか判断がつかなかった。

「秋山先生が生き残れるチャンスは、心筋梗塞の際に起こった脳虚血から回復して意識が戻り、そして極めて少ない確率ですが心臓を提供してくれるドナーが現れる事でした。ところが事態は最悪の方向に向かいました。脳幹から始まった脳虚血による浮腫は脳全体に及び、心筋梗塞発症後8日で秋山先生の脳波は大脳皮質の電位も消失して脳死となってしまいました。そして人工呼吸をするために使用していた全ての鎮静薬、麻酔薬、筋弛緩剤などを中止して、人工呼吸器を外してみると、先生の呼吸は止まったまま自発呼吸は全く出ませんでした。呼吸の面からも先生は脳死の判定を受けてしまいました。私もその脳死判定の場には立ち合いさせて頂きました。残念でした」

「秋山先生の脳死判定が確立すると、移植ネットワークの候補者リストから削除され、人工呼吸器が外され、生命維持装置である人工心臓も外されました。そして、秋山淳先生は心筋梗塞を発症して8日後の9月2日、午後3時21分にお亡くなりになりました」

山岡の言葉が終わると、しばらく二人の会話には沈黙が続いた。

秋山はもちろん良識の備わった医者である。重症の心筋梗塞を起こし、不整脈となり、脳虚血となって、脳死となり、死亡確認がされる。

それは、ごく当たり前の事で今までもそのような事例の多くの現場を見てきている。

しかし、秋山を混乱させているのは、その死んだはずの自分が、生きている山岡とごく普通に話している事である。

目が覚めて山岡と話している今、不思議に感じる事は、山岡の声の質が自分の記憶にあるものと異なっている。

そして、自分の声も自分の声の質ではない。何処かで聞いた声質であるがさて何処で聞いた声質であろうか。

死んだはずの自分と、生きている山岡が話ができる訳がない……。

でも、話をしている。

何が正しい事で何が誤っているのか分からない。

「おいおい、それじゃ、今、君と話している僕は誰なんだい。これは現実の世界の出来事なのかい？　それとも、僕と君は天国か地獄かで会って話をしているのかい？もっとも、僕は今、真っ暗の中で話をしているからどうもここは僕のイメージしている天国じゃなさそうだな。すると、君は僕と話すため、わざわざ地獄にまで来てくれたのかね」

「僕が目覚めた時に君は『今日は9月21日』と言ったよね、そして先ほど僕は9月2日に死んだと教えてくれた。これは、一体どうなってんだ。僕は気が変になったんだろうか」

重苦しい口調で山岡が秋山に答えた。

「秋山先生、我々が話をしている場所は天国でも地獄でもありません。まぎれもなく生きている人間が存在する場所の現実の世界です」

「でも、君は僕が9月2日、午後3時21分に死んだと言ったじゃないか。その死んだ僕が生きている君と話をしている。そんな現実の世界がある訳がないじゃないか」

秋山は天国と言われても、地獄と言われても、自分のおかれている状態からは納得できそうであった。

しかし、現実世界を言われると自分の理解の範囲を完全に超えてしまい混乱状態に陥ってしまった。

しばらく、自分の混乱状態を落ち着かせるために言葉を出さなかった、出せなかった。

山岡が椅子から立ち上がり、秋山のベッドのほうに近づいてくる足音が聞こえた。

「先生、こんな暗いところではご不便でしょうから、カーテンを開けて外の光を入れましょうか、何日も眠っていた先生にはちょっとまぶしいかもしれませんが……」

話し終わると、足音が遠のいた。やがて部屋の片隅にある窓のカーテンがゆっくりと開かれ、日の光が少しずつ秋山の寝ている部屋に入ってきた。

今は昼間で外は快晴のようだ。

まぶしい、目が痛くなるほどまぶしい。それと同時に死亡宣告されたはずの自分が生きている実感がふつふつと心の中に湧いてきた。

ついさっきまで、自分は死亡していたと納得していたはずなのに、いつの間にか、自分は生きていると実感し、死亡してしまった自分を否定している。

人間は何かと自分の都合の良いほうに解釈し自分の立場を納得させてしまうものだと、秋山はちょっと苦笑した。

窓から差し込んでくる日の光は夏が終わり秋が近づいてきた昼の日差しらしい、強いが何処となく秋の訪れを感じる。

青々と茂った木々の向こうに見慣れた建物が見えてきた。

秋山が入り浸っていた研究棟である。

そして窓から差し込んできた光によって映し出された部屋の風景は、秋山の大学病院の集中治療室の個室であった。

秋山自身も何回か自分の重症の患者を入院させてこの部屋で治療を行った事がある。

すぐに集中治療室の個室の中でも一番大きなC病室である事が分かった。

秋山はまぶしい光の差し込んできている窓を見ながら、

「山岡君、あそこにいつもの研究棟が見えるね」

研究棟を人差し指で指さしながら喋った。

その時、秋山は指さしている自分の手の異変に気が付いた。

おかしい、手の色、指の長さ、太さ、爪の大きさ、形、手の甲を走る静脈、手のひらの手相、どれをとっても自分の物ではない。

これは自分の手ではない。

しかし、何処かで見覚えのある手であるが、何処で見たのか思い出せない。

いつも、見慣れている自分の手ではない、しかし何処かで見ている手であるが、思い出せない。

「山岡君、これは僕の手ではない。山岡君これは一体どうなっているのか教えてくれ。何が起こったんだ」

秋山は叫ぶように、そして懇願するように山岡に尋ねた。

そして困惑のために我を失い何故か涙が迸った。

「秋山先生、先生はご自身が今おかれている状態に大変困惑されていると思います。その、先生をさらに混乱させるのは忍びませんが、もう一つ先生に是非ご了解してもらわねばならない事があります」

「それは一体何なんだい、これ以上僕を混乱させる話とは何なのだろうか」

自分の死亡宣告を受け、天国でも地獄でもない、不思議な世界に落とし入れられて自分が分からなくなっている。

これ以上の衝撃が自分の頭の中に起こると、取り返しのつかない事態になると思った。

「先生、これから私がお話しする事は、落ち着いて、本当に落ち着いて聞いてください。そして、私がこれからの話をする前に先生にご確認頂きたいものがあります」

「今の混乱状態が整理されて自分が納得できるならば何でもするよ。さあ、話をどんどん進めてくれ」

山岡は、自分の座っている椅子の横に置いてあった鞄を取り上げて自分の膝の上に置くと、中からスマートフォンを取り出し、ログインをした。

そして写真撮影のアプリケーションを開くと手鏡として使えるように自撮りモードにセッティングして自分の顔を見て確認した。

そして、秋山に両目を閉じるように頼んだ。

秋山が目を閉じると、秋山の手にスマートフォンを握らせて。

「秋山先生が目を開けると、この鏡の代わりのスマートフォンに先生の顔が映し出されます。絶対にびっくりしないで、よーく見てください。いいですか、私がカウントダウンしますのでユックリ両目を開けてご自身の顔をご覧ください。では、スリー、ツー」

少し間を空けて、戸惑うようにして最後の数字を言った。

「ワン……、どうぞゆっくり両目を開けてください」

秋山は山岡の指示通り、ゆっくりと両目を開き、左手に持ったスマートフォンの画面を見た。

そして画像を凝視して動揺した、あまりに動揺したのでかえって冷静になれた。

言葉は全く出なかった。

スマートフォンの画像に自分の全ての生命活動の機能がロックされて数分の間瞬きもせず、言葉も出ず、手足の動きも止まり、呼吸もしていないようだった。

ただ、秋山の心臓だけが、それは山岡の話が真実ならば3週間前に止まってしまったはずの心臓の鼓動がどんどん加速されて、一拍一拍が大きくなり破裂しそうなレベルに達するように感じられた。

最初はスマートフォンの誤作動で、自分が予想していなかった自分の顔の画像が写し出されていると信じた。

ちょっと冷静になり、右手で自分の鼻をつまんでみた。

すると、スマホの画面でも右手でつまんでいる。

右の耳をつまんでみる。

画面でも同様に右の耳をつまんでいる。

片目を閉じてみた、口を開けてみた、舌を出してみた、首を傾けてみた、髪の毛をかいてみた。

そんな自分の所作は全て、自分の予想通りに動画に映し出される。

ただ問題なのは真ん中に映し出された自分の顔である。

しばらくすると、秋山は言葉もなく山岡の顔を見た。

山岡も無言のまま秋山に向かってうなずいた。

無言でうなずいた意味は、秋山に現実の受け入れを促していた。

それから、どれだけの長い時間が過ぎ去ったであろうか。

山岡が重い口調で切り出した。

「秋山先生は平成30年8月26日に急性心筋梗塞を発症され、9月1日に脳死状態となり9月2日午後3時21分に亡くなられました。

我々の大学と外科医局にとっての一大事であり、また大きな悲しみでもありました」

「しかし、秋山先生が心筋梗塞を発症された8月26日に、我々の医局には誰も信じられない、偶然と言えばあまりにも偶然な出来事がもう一つ起こりました」

「何が起こった？　その出来事と今スマホに写し出されている僕の顔とどういう関係があるんだ？」

秋山が詰問するかのように山岡に問いかけると、山岡は改まって、そしてかみしめるように、

「それは、秋山先生が心筋梗塞を起こして倒れた同じ日の夜に心臓外科チームの徳田先生に起こりました……」

一瞬の出来事

心臓外科チームのリーダーであり外科医局の准教授、徳田一理は同じ医局の脳神経外科のリーダー秋山が病棟で回診中に重症の心筋梗塞を発症した事を知らされた。

循環器内科チームの懸命の治療にもかかわらず、秋山の病状は好転しないばかりか最悪の事態になっていく状況の報告を逐一聞いていた。

心筋梗塞の最重症である左主幹部の完全閉塞、あらゆる治療を行っても心室細動のままで正常心拍にならない心臓の脈など考えると、心臓外科でバイパス手術をする適応（手術が正当な方法であるとする判断）はない。

残された唯一の救命方法は秋山の体を人工呼吸器で管理して、人工心臓で生命維持をしながら日本では数少ないチャンスしかない心臓移植の提供者（ドナー）が現れるのを待つしかない。

しかも、心臓移植は秋山の大脳が脳死になる前に、そして人工心臓装着後の最大の合併症である多臓器不全に陥る前になされなくてはならない。時間的余裕は４～５日である。

この、4~5日の間に血液型や免疫型の一致する脳死となった心臓提供者（ドナー）が現れる可能性は今の日本ではまずない。

来年に控えている、次期主任教授の選考の最大ライバルである秋山の病状の報告を受けながら、最有力候補であった秋山が病気で倒れた事により徳田は次期主任教授の座が労せずに自分のものになってきた事をひしひしと感じていた。

医局員のうちで気の早い者などは、早々と徳田の部屋にやってきては、徳田が次期教授に確定したとお祝いを言い、その際には自分の今後の進退を願い出た。

徳田を驚かせたのは、秋山が倒れた当日に徳田の部屋を訪れた来客のうちに、秋山支持派と思っていた脳外科チームの医師も何人かいた事である。

人間の信頼関係なんていい加減なものだ、自分が健康で且つ権力を持っていないと人はついてこない。

という事は、もしも自分に秋山と同じ事が起こったら自分に今ついてきている部下もまたこっそりと秋山の部屋に挨拶に行くのだろうか。

「全く恐ろしい話だ。もうすぐ夜の8時だ、そろそろ帰るか」

徳田は、大学病院から帰宅する際によく大学近くの小料理屋に寄る。今日も例にもれず、その小料理屋の暖簾をくぐり、いつものカウンターの席についた。

「徳田先生、いらっしゃいませ、いつもの奴でいいですよね」

カウンターの中で料理をしている大将が言った。

徳田は軽くうなずいた。

すると、何品かの小皿に盛られた料理が出され、続いて、

「徳田先生、お待たせしました」

小料理屋の女将が御燗をした日本酒を2本持ってきて、徳田のテーブルに置いた。

「おいおい、いつもお酒は一合だぜ、二合は頼んでないよ」

「分かってますよ。一合はお店からのお祝いですよ」

「何のお祝いなのかな。祝ってもらう訳もないはずだけど」

徳田が女将に尋ねると、

「さっきまで、外科の医局の若い先生方があそこの座敷で食事をしながら大声で喋ってましたよ。否が応でも、皆さんのお話の内容が聞こえてしまったのですが、徳田先生が次期主任教授になられる事がほぼ確定したんでしょう？　ご病気になられた秋山先生にはお気の毒ですが、これからは徳田先生のもとで外科の医局を盛り上げようと

皆さん意気投合なさっていましたよ」

「もう、そんな事が若い医局員の間では話されているのか。秋山君は今日、発病されてまだ今後どうなるか分からないというのに」

今後どうなるか分からない、ではない。

回復する見込みがまずない事を徳田は百も承知である。

なのに、徳田は次期教授がほぼ確定した喜びを人前ではあからさまにはせず、当たり障りのない話を女将にした。

確かに、自分は今日、次期教授の最有力候補となった。

大所帯の外科医局には脳外科や心臓外科の他にも消化器外科や呼吸器外科のセクションもあり、それぞれチーフの准教授もいるが、秋山や徳田に比べると年齢が若いし論文などの業績も劣っている。

今日の事件が起こらなかったら、教授選考会では秋山と徳田の一騎打ちになる事はほぼ確実であった。

しかしその競争相手の秋山が再起不能の病に倒れた現在では労せずして徳田に主任教授の席が転がり込んできたと言える。

「まあ、せっかくだから遠慮なくご馳走になるよ」

徳田はぐい飲みに注がれた酒を一気に飲んだ。

小一時間ほど、つまみと酒を楽しむと、いつもように勘定を済ませて小料理屋を後にした。

地下鉄に乗るために信号待ちしている時、遠くでパトカーのサイレンが聞こえた。サイレンは段々大きくなりこちらに向かっているようだった。

やがて歩行者用の信号が青になり、徳田はゆっくりと横断歩道を渡った。

その時、徳田は後方で車から発せられる大きなブレーキ音とタイヤとアスファルト道路の摩擦音が聞こえた。

そして、音のしたほうを振り返ると車のヘッドライトから発せられた強烈な光が徳田の目の中に飛び込んできた。

「まぶしい！」と思った瞬間に、徳田は体に強烈な打撃を受けて、意識がなくなった。

15分後、徳田は横断歩道から5メートルほど離れた車道に血を流しながら横たわっていた。

すぐそばにはフロントガラスが破れ煙を上げている乗用車がガードレールをねじ曲げながら食い込んでいた。

その後ろにパトカーが駐車していて警官たちが乗用車の運転手らしき男に手錠をかけてパトカーの後部座席に座らせ何か話していた。

道路に横たわっている徳田の横には救急車がすでに来ていて、二人の救急隊員は徳田に人工呼吸などの応急処置をし、もう一人が携帯電話で事故にあった徳田の搬送先を探していた。

事故現場にはいつの間にか野次馬が集まり、目の前に起こっている事件の成り行きを見守っていた。

先ほどまで徳田が酒を飲んでいた小料理屋の女将も青白い顔をしながら右手に持った日本手ぬぐいで口元を隠しながら、路上に横たわり救急処置を施されている徳田をジッと見つめていた。

やがて、携帯電話で話していた救急隊の隊長と思しき男性が、

「了解しました。これから直ちにそちらに搬送します。バイタルですが、意識レベルは300点、血圧は136／82、脈拍数88／分　整、自発呼吸なく現在LMを使用し、酸素10リットル／分、アンビューで人工呼吸しています。頭部と右胸部を強く打撲したようですが何箇所か外傷はありますが今は止血されてます、右の肋骨を何本か骨折しているかもしれません、以上そちらに向かいます。5分後に到着予定です」

と、言って携帯電話を切ると、他の救急隊員に目配せした。

救急隊員は迅速に徳田の体をタンカに乗せ、救急車内に収容すると、サイレンを鳴らし事故現場を去った。

行く先はもちろん、救急車で3分とかからない徳田や秋山の勤務している関東医科大学病院である。

事の成り行きはこうであった、徳田が渡った横断歩道のある交差点から300メートルほど離れた路上で信号無視した乗用車をパトカーが追跡した。

乗用車は猛スピードで逃走したためカーチェイスとなり、たまたま横断歩道を渡ろうとした徳田に乗用車が突っ込んできた。

一瞬の出来事であった。

しかし、その一瞬の出来事で人間の人生は大きく変わってしまう。

人間の人生なんて結局は偶然によって右往左往され、支配されているみたいなものである。

救急隊の隊長の言葉通りに、救急車は5分で関東医科大学の病院の救命救急センターに到着した。

救急センターのスタッフは手際よく徳田の体の処置をして、レントゲンやCT検査が施された。

頭部は打撲して皮下出血が右側頭部にあるが頭蓋内に出血はない。強い脳震盪を受けて一時的に意識障害に陥っていると判断された。

一番の問題は右胸部を打撲して右の肋骨5本が骨折してしまい、フレイルチェストと言われる状態になっている事だ。

さらに骨折した肋骨から出血して胸腔内に血液が溜まり、肺を圧迫して呼吸ができなくなる血胸となっていた。

フレイルチェストと血胸になると自分で呼吸ができなくなり窒息死をしてしまう、救急隊の到着が遅れ、路上での人工呼吸開始がもう1~2分遅れていたら、徳田は今頃霊安室に運ばれていただろう。

血胸に対してはドレーンという管を胸の中に留置して胸腔内に溜まった血液を抜き出し、しぼんだ肺を膨らませる。貧血となれば輸血する。フレイルチェストに対してはしばらくは人工呼吸をして肋骨が固定されるまで経過を見る。

人工呼吸の間は麻酔剤を投与して鎮静し睡眠状態を保つ。

脳震盪に対してはマニトールなどを点滴して脳圧を下げるという治療の基本方針となった。

基本方針が決まったところで、徳田は集中治療室に移された。病室に入り人工呼吸器などが装着された。

徳田のベッドの隣のベッドには今日の昼に重症の心筋梗塞を発症し、やはり人工呼吸をされながら人工心臓が作動している秋山が眠っていた。

そして、秋山の頭上には秋山の脳波を取っている秋山の共同研究者の山岡が居た。

二人の重症患者

山岡は、秋山が心筋梗塞を発症した8月26日金曜日の夜に心臓外科チームのリーダー徳田に起こった事件を秋山に話した。

秋山は徳田に起こった事件は理解ができた。

しかし、今、鏡の代わりに使っているスマートフォンに映し出されて自分が凝視している顔が理解できなかった。

「山岡君。それから、僕と徳田君には何が起こったんだね。早く聞かせてくれないか」

「秋山先生はお疲れではないでしょうか。少し休まれてから話を続けたほうが良さそうですが」

「いや、休まなくっても結構だ。兎に角真実が早く知りたい。何が起こったんだ」

「では、話を続けます。私は秋山先生が心筋梗塞を発症された夜に、先生の脳波をICUで取っていました。先生の脳神経の虚血症状は極めて深刻なものでしたが、我々の研究課題である記憶の電位は未だ大きな障害を受けず正常に記録されていました。そして、私が秋山先生の脳波を取り終わる頃、ICUが騒がしくなり、人工呼吸器を繋がれた重症の患者が隣のベッドに担ぎ込まれてきました。その、入室してきた患者が心臓外科の徳田先生であると知った時、私はそれこそ心臓が止まるほどビックリして、現実の出来事とは認識できませんでした。しかし、それはあまりにも現実離れしていましたが、紛れもない事実でした」

「私は、同じように人工呼吸器をつけられて眠っているお二方を見つめて呆然とし、これから我々は、そして我々の医局はどうなる事かと恐ろしく不安ともなりました」

「私が唖然とたたずんでいると、ICU当直医のリーダー吉岡先生がみえられて、徳田先生の脳波を取るように私に依頼しました。もちろん私は了承して、秋山先生の脳波に続いて徳田先生の脳波を取る事にしました、時間はもう夜中の1時を回っていました。頭部CTでは重大な損傷を来たしていない。徳田先生の脳波ですから普通の脳震盪時の脳波が記録されるだけと私は思っていました。ところが、脳波計を装着して脳波計のスイッチを入れて記録を始めると、私の予測とは全く異なる驚きの脳波が記録されました」

「どんな波形が記録されたのかね」

思わず身を乗り出して秋山が声高に聞いた。

「それが、大脳皮質の電位に記憶の成分が全くないのです、完全な記憶喪失の状態です。生まれたばかりのマウスの赤ん坊のように記憶の成分が全くありませんでした。事故にあって頭を打撲し、脳神経それ自体には支障はなかったが、記憶の成分が全くなくなってしまったようでした。私は、脳虚血に陥って脳細胞のダメージはあるが記憶成分の残存している秋山先生の脳波と、脳細胞自体にダメージはないが記憶の成分の全くなくなった徳田先生の脳波を並べて見比べているうちにふとした考えが浮かびました。もう夜中の3時頃でした」

「私は、自分の頭に浮かんだアイデアを実行するべく、今晩のＩＣＵの責任者である吉岡先生に秋山先生の脳波をもう一度、2時間後に取らせてもらうように依頼しました。吉岡先生は私の申し出を快く承諾してくれました、私は吉岡先生の承諾を得ると、すぐに実験棟の我々の研究室まで走りました」

山岡は研究室に着くとすぐに、電気工作用の器具を取り出し、迷路を通過した後にマウスの脳波を取る脳波計のところに行った。

そして脳波計から電気基盤を一つ取り出して大切に包装して自分の鞄に入れた。

次に警備室に行き警備員に院内のコンピューターネットワークを管理している部屋に入れてもらった。

何千もある院内のネットワークの接続を管理している部屋である。

そこで山岡はポケットからメモを取り出して、そこに書いてあるJXW-ICU-K103とJWK-ICU-L108というネットワークの差し込み口を探した。

この二つの差し込み口はそれぞれ秋山と徳田のベッドの頭上の壁に備わっている院内ネットワーク用の差し込み口に繋がっている。

どちらも、今は未使用である。

10分ほど探すとその差し込み口は容易に見つかった。

鞄に入れてきたＬＡＮケーブルを取り出し、今、見つけた差し込み口と秋山の実験室にあるサーバーをＬＡＮケーブルで接続してネットワークを構築した。

これで、秋山と徳田のベッドサイドと実験室の大型サーバーは繋がり、ＩＣＵからのデーターを実験室に送り込む事もできるし、また逆に実験室からデーターをＩＣＵのベッドサイドに送り込む事もできる事になった。

ネットワーク接続が終わると、山岡はまた鞄を抱えて管理室を施錠してＩＣＵに戻った。

時間は朝4時になっていた。

ＩＣＵに戻るとすぐに秋山のベッドサイドに行き、また電気工具を取り出すと脳波計に、先ほど実験室から取り外してきて鞄の中に仕舞ってあった基盤を取り付けた。

そして脳波計と秋山のベッドの頭位方向の壁にある未使用のＬＡＮ接続用の差し込み口JXW-ICU-K103と脳波計をＬＡＮケーブルで繋いでこの接続が誰かに知られないようにそっと隠した。

そして脳波計のスイッチを入れて脳波を観察すると数時間前に見た脳波と比べて脳のダメージは確実に進行してる。

しかしまだ記憶の電位は残っている。

「事を急がないと、もう時間がない」

山岡は脳波計のスイッチを入れて記録を始めた。秋山の脳波はＩＣＵベッドサイドの脳波計に記録されるのと同時に、脳波の電気信号は脳波計に先ほど山岡が組み込んだモジュールを通りＬＡＮケーブルから出力されて、別棟内の彼らの実験室内のサーバーにも記録されていった。

山岡は経時的に長時間の脳波解析が重要であるため脳波計のスイッチを切らないよ

う指示を出して、疲れた体をしばらく休める事にした。

秋山が心筋梗塞を発症し、徳田が不慮の事故に遭い同じＩＣＵに入院した翌日、山岡は外来診療が終わると小走りに実験棟に向かった。

実験棟の研究室に着くと、すぐさまデスクのコンピューターのスイッチを入れて、サーバー内に記録された秋山の脳波を見てみた。

秋山の脳波は今朝未明より記録が開始されている。

脳波は秋山の頭皮に付けた60極の電極から記録され、脳波計に山岡が設置したモジュールを通って特殊信号に変換され実験室内の大型サーバーに記録されている。

山岡はコンピューターのディスプレイ上に描かれた脳波データーを最初は慎重にユックリ確認するように眺めた。

最初の一画面の波形データーを見終わると、画面をスクロールして次に進んだ。

次の画面の確認が終わると、その次に進んだ、次から次にと同じ操作を繰り返した。

そして、画面が切り替わるごとに山岡の心臓の鼓動は高鳴り脈拍が加速され、額からは大粒の汗が噴き出してきて頬を伝い顔から湯気を沸かせてメガネのレンズを曇らせた。

まるで暗い草原で野獣が獲物を正にこれからしとめる時のような鋭い眼光を発しな

がら、鬼畜のように両目をいっぱいに開いてディスプレイに描き出される波形を食い入るように眺めた。

何時間かが経過して、データーを全て見終わる頃に、山岡は興奮のあまり疲れ果ててしまい、今まで前のめりになりディスプレイを見ていた体を椅子の背もたれにあずけて、小声で、しかし力強くつぶやいた。

「これは、ひょっとして可能かもしれない、いや絶対可能に違いない」

秋山が心筋梗塞を発症してからの3日目の8月28日は日曜日であった。

山岡は日曜日でも毎週必ず病棟に顔を出して、自分の患者の診察をする。

しかし、この日は病棟で山岡の姿を見た者は誰もいなかった。

日曜の当直である若い医者や病棟で働く看護師たちは、

「山岡先生、今日は一体どうしてしまったんでしょうか、全然顔を見せませんね」

「きっと、倒れられた秋山先生の件であっちこっちとかけずり回っているんでしょう」

などと、顔を見せない山岡の噂話をしていた。

その頃、山岡は、研究棟の薄暗い実験室でコンピューター相手に作業をしていた。

家には帰らず風呂にも入らず、無精ひげを生やし、机の横には飲みかけの冷え切ったコーヒーカップが無造作に置かれていた。

すぐそばの実験用の机の上に載せられたゲージには秋山が天才と称したマウスp2997が脳波を記録する電極を頭に付けられていた。

山岡はディスプレイを見つめ、脳波計を作動させるソフトウエアのプログラミングをしていた。

プログラミングはもともと秋山に教わったものであるが、今では秋山以上の能力を持ち一見暗号のように複雑な命令文や計算文を組み合わせていた。

やがて一息つくと脳波計のところに行き、複雑に並んだ切り替えスイッチを操作したり、基盤を入れ替えたりした。

それが終わるとまたコンピューターにくらい付くという作業を繰り返していた。

やがて、夜になり8時を回る頃、

「よしこれで機械のセッティングは全て完了だ、次はプログラムと脳波計が考え通りに動くか実験だ」

と、言って別のゲージにあったh6626という番号札の付いたマウスを取り出した。

このマウスは未だ一回も、秋山たちが実験に使っていた迷路を走った事はない。

山岡はh6626の頭に脳波計の電極を付けてゲージに戻すと、遮光された布をそのゲージにかけた。

そして、脳波計のいくつかのスイッチを入れて、緊張のためか少し小刻みに震えた人差し指で、最後に大きな息をついてメインスイッチを入れた。

脳波計のモーターが静かに回転を始め、コンピューターのディスプレイには暗号のような文字列が高速でスクロールされた。

やがてスクロールが終了すると最後の行に、

「指示されたタスクを開始しました、タスク終了まで約3時間23分です」と表示され、その文章が点滅を始めた。

山岡は自分が今日一日かけて作ったプログラムと改造した脳波計が正常に作動したと確信して、安堵の微笑みを浮かべた。

「さあ、後は結果が出るまで一休み、『果報は寝て待て』だ」

研究室の片隅にある壊れかけた長椅子に横になると、あっという間に深い眠りについた。

山岡が目覚めた時には、もう日付が変わって8月29日になっていた。

「真夜中か、どれどれ奴は大丈夫だろうか」

数時間前に遮光の布をかけたゲージのところに行き、布を取った。

中には、脳波の電極を付けられた実験用マウスh6626が何事もなくいた。

隣の机にあるコンピューターのディスプレイが真っ黒となり画面中央に、

「指定されたタスクが終了しました」と表示されていた。

山岡はh6626の頭皮から電極を外して、マウスを先日p2997がコースレコード15分21秒を出した迷路・メイズZのスタートラインに置いた。そしてゴールにマウスの大好物を置くと
「お前は腹ペコだろうこれから餌を取るためにひと頑張りだ」

「準備はいいか。位置について。スタートだ、それ行け」

と、叫びながら迷路のスタートにある門を開いた、それと同時に、ストップウォッチをオンにした。

マウスは餌を求めて山岡が見つめる中、迷路を走った。曲がり角や分岐部に来ると、迷路に描かれた景色を確認するかのように辺りを見渡しそして誤った道を選ぶ事なく進んだ。

やがてマウスは迷路のゴールに到達してお目当ての餌にありついた。それと、同時に山岡は構えていたストップウォッチを押して時間を確認した。

「これは、本当に事実なのか……」

山岡のストップウォッチは7分23秒で止まっていた。

この迷路の餌取り実験は秋山と何回も行った。

今までのデーターでは迷路を未体験のマウスが餌を取るまでにかかる時間は平均33分42秒であった。

秋山が天才マウスとしたp2997ですら15分21秒かかった。

今日の山岡が行った実験では迷路未体験のh6626はp2997の記録を半分以上一気にあっさりと縮めてしまった。

山岡はストップウォッチの時間を見ながら驚愕した。

「しかし、もしかしたらh6626はさらにものすごく超天才なのかもしれない」

「別のマウスでもう一回実験してみよう」

山岡は動物小屋に行き、やはり迷路未体験のマウスd1054を連れてきて、もう一度同じ実験を行った。

d1054が迷路に放たれ、餌のあるゴールに達した時にはもう夜は明けて6時近くになっていた。

ストップウォッチにはさらに驚きの6分48秒が表示されていた。

山岡の常識では迷路未体験の2匹のマウスが続けて7分前後の時間で餌にありつく事は絶対にありえない。

もしこの事実が本当であるとすれば、2匹のマウスは実際に迷路を走るのは初めてだが、その構造や、壁に描かれていた風景をあらかじめ覚えていて餌にありつく道のりを知っていたとしか考えられないのである。

さらに、山岡はつい先日15分21秒の記録を出した、天才マウスp2997で同じ実験をした。p2997にとっては二度目の迷路餌取りレースである。

P2997はあっさりと6分20秒で餌にありついた。

深夜から未明の3回の迷路実験で山岡はある事実を確信し、喜びとともに何処か恐怖の念に駆られて身震いした。

山岡は短い仮眠をとり、シャワーを浴びてからICUに秋山たちの容態を見るために向かった。

ICUに入り秋山の病室に行くとICUの当直医と看護師が、心電図や血圧のモニターをジッと見つめていた。

血圧の曲線は力なく描き出され、60㎜hgを示していた、心電図は依然として不整脈が頻発してアラームは鳴りっぱなしの状態だった。

山岡にはすぐに事態が飲み込めた。

「血圧が下がってきたんですね、昇圧剤は、もうめいっぱいのようですね」

ICUの当直医は山岡の質問にうなずいた。

「今朝、4時頃から血圧が下がり始めて、昇圧剤などを順次増やしましたが、反応が鈍いです。アシドーシスが進んでしまい補正できず、尿量も減ってきました。人工呼吸器の酸素濃度を純酸素にしましたが、血中の酸素濃度は上がりません。MOF（多臓器不全：全ての臓器の機能が荒廃した状態）になったようです。残念ながら、治療の限界です」

山岡は秋山の瞳孔を見た。

散大して対光反射が乏しい。

「どんなに頑張っても秋山の生命は、あと1日、2日である」と山岡は推測した。

「ところで、徳田先生のほうは如何ですか」とICUの当直医に聞くと、

「徳田先生のほうは、順調ですよ」と言う答えが返ってきた。

徳田のバイタルサイン（血圧、脈拍、呼吸、尿量など）は安定している。

秋山のモニターとは打って変わって、徳田のモニターでは血圧、脈拍などは健常人と同じような波形を示していた。

右胸に入れたドレーンからの出血もほぼ止まってきた。

やむを得ず行った輸血により血圧も安定し、血圧を維持するために入院時は使用されていた昇圧剤も今は使われていない。

事故直後に入院した時は純酸素で人工呼吸をしていたが今では酸素濃度は30％まで落とせた。

重症患者の血行動態を推測する大事な指標の尿量も確保されている。

徳田の病状は安定したので、今後は骨折した肋骨の動揺がなくなるまで2～3週間は睡眠剤を持続で使用しながら人工呼吸をする事になる。

ＩＣＵの当直医の説明を聞きながら、秋山と徳田のモニターを眺め病状の対称的な進行状況に複雑な思いとなった。

それと同時に山岡は、

「早く、実行に移さねば、時間がない」と自分の計画を実行するべく自分自身を奮い立たせた。

その日の朝、山岡は出勤してくるＩＣＵの室長の川西を待ち構えていた、やがてＩＣＵに川西が顔を出し当直医の報告を受けると、山岡は川西に朝の挨拶をし、

「実は、お願いがあります。徳田先生ですが一昨日脳波を取ったのですが、ちょっと興味のある所見が出てきたんで、できれば3日ほど昼夜を問わず連続で脳波を取らせて頂きたいのですが如何でしょうか。皆さんの診療は決して邪魔しません、ただ脳波計をベッドサイドに置かせてもらうだけです」

するとと、川西は、

「徳田先生の病状は安定したからね、後は人工呼吸をしながら肋骨が固定されるのを待つだけだからね。いいですよ、どうぞ」

快く引き受けてくれた。

「それにしても、困ったのは秋山先生だね、このままではじり貧です。外科の医局も偶然とは言え二人のリーダー的存在が突然こんな状態になってお気の毒ですね。まあ脳波の件は了解した、自由にやってくれ、ＩＣＵのスタッフにはその旨伝えておきます」

ＩＣＵ室長の川西の了解を得ると、山岡は早速、徳田のベッドサイドに行って脳波計の準備に取りかかった。

山岡はまず現在の徳田の状態の脳波を記録した。

記録された脳波は3日前に記録されたものと同じで大脳皮質の記憶に関する電位が全く見られず脳波的には全記憶喪失状態という診断であった。

記憶に関する電位以外は正常であり、五感を使って何も感じた経験のない、まだ何も記憶していない空っぽの状態、生まれたばかりの乳児のような脳波となっていた。

大脳皮質の記憶電位がない事を確認すると、山岡は脳波計の電源を一回切った。

そして、脳波計と徳田のベッドの頭側にあるLANケーブルの刺し口JWK-ICU-L108を繋いだ。これで徳田のベッドサイドの脳波計と実験棟にあるコンピューターとサーバーネットワークで繋がった事になる。

脳波計についているいくつかのスイッチを切り替え、メモ帳を見ながらスイッチのセッティングを確認すると山岡は大きなため息をついて天を見上げた。

山岡はこれから自分が目論んでいる事をやるべきか、やらないべきかをためらったが、

「やるか、やらないかを51対49で迷った時、外科医はやるをとれ、そして全責任を自分でとれ」と秋山に言われた言葉を思い出した。

そして汗がしっとりと滲み、小刻みに震えた右手の人差し指で脳波計のメインス

イッチをオンにした。

次の瞬間、山岡が今いるＩＣＵとは別棟にある実験棟の地下の実験室のコンピューターのディスプレイには暗号のような文字列が高速でスクロールされた。

やがてスクロールが終了すると、昨晩深夜にマウスを使った実験をした時と同じように、最後の行に、

「指示されたタスクを開始しました、タスク終了まで約86時間45分です」と表示され、その文章が点滅を始め、作業が進行する事を示すタスクバーが少しずつ動き始めた。

山岡が徳田のベッドで作業している間にも、隣のベッドの秋山の病状は悪化していった。ベッドサイドのモニターは低血圧と不整脈のためほぼ休む事なくアラーム音が鳴り続けていた。

その日の午後に秋山の多臓器不全は進行して、腎臓機能や肝臓機能は回復不能（非可逆的）状態となり、心臓移植をしても救命の可能性がゼロとなったために心臓移植のネットワークから登録を取り下げた。

その後も秋山の多臓器不全は進行してあらゆる治療を試みたにもかかわらず、発病8日の9月2日未明に死亡確認された。

享年50であった。

秋山の死亡が確認されたちょうどその頃、実験棟のコンピューターのディスプレイの騒々しい動きが止まり、画面が一瞬真っ暗になると続いて、「指定されたタスクが終了しました」と表示された。

ここまでの話を食い入るように聞いていた秋山は、「山岡君、そこまで話を聞いたら僕は君が何をしたか分かったよ」と言いながら確認するかのように、スマートフォンで自撮りしている自分の顔を覗き込んだ。

そこに映し出されている顔は秋山の期待していた「秋山」の顔ではなかった。それは、青ざめて無精ひげを生やし、混乱した気持ちを隠せず、眼だけがぎょろぎょろと動き回っている心臓外科チームのリーダーの「徳田」の顔であった。

そして、スマホから目をそらすと、山岡の顔を見つめて、了解した意思を伝えるかのようにうなずいた。山岡も無言でうなずき返した。

秋山は山岡からそこまで聞いて山岡の行った行為の一部始終が大体理解できた。確かに自分は8月26日に重症の心筋梗塞を発症して意識不明の状態となった。循環器内科チームの懸命な治療にもかかわらず、重症な心不全に陥り人工心臓と人工呼吸器で生命維持がなされて心臓移植のドナーが現れるのを待った。

しかし、数日後には最悪の展開となり多臓器不全に陥った。

一方、秋山が心筋梗塞の発症をした同日の8月26日の夜に、心臓外科チームのリーダー徳田は帰宅途中に不慮の交通事故に遭った。

胸部を強く打撲して5本の肋骨が複雑骨折を起こしフレイルチェストとなった。

フレイルチェストと合併した血胸の治療のため、胸腔内の血液のドレナージを行うため人工呼吸をされながら生命維持をした。

徳田は頭部外傷があったもののCTなどでは幸い脳の損傷がなかった。

しかし山岡が、徳田の脳波を取ると、徳田の頭の中から記憶が全くなくなっている事に気が付いた。

山岡はその事実を誰にも話さなかった。

山岡は多臓器不全に陥り、余命わずかとなった秋山の頭から記憶のコピーを取り実験棟内のサーバーに一時保管した。

そして、一昼夜かかり脳波計とコンピューターのソフトを改良して記憶を他人の脳にコピーできる方法を考えつき、迷路を使った実験で山岡の方法が正しく正常に機能する事を確認した。

迷路実験が未体験のマウスh6626とd1054にはすでに迷路実験を体験したp2997の記憶が移植された。

するとh6626とd1054は未体験のはずなのに、あたかも迷路の構造を知り抜いていたかの如く迷路を走り抜け一直線に餌にありついた。

この事実はこれら2匹に迷路の通り抜け方を習得してるp2997の記憶が移植された事を意味した。

次に山岡は同じ方法を用いて、実験室内のサーバーに保管された秋山の記憶を、記憶を失ってしまった徳田の大脳皮質に移植した。

徳田はフレイルチェストとなったため数週間は気管支にチューブが挿入され人工呼吸器に繋がれる。

覚醒した状態で人工呼吸するのは無理なために、人工呼吸器が繋がれている間の数週間は睡眠剤が点滴から持続注入される。

山岡が徳田の海馬を刺激操作しながら秋山の記憶を大脳皮質に移植するのには、数週間の持続睡眠治療は願ってもない好条件であった。

「長期記憶」は睡眠中に海馬から大脳皮質に送られるからである。

そして、記憶の量は膨大であるため記憶の移植には長時間の睡眠が必要であったからである。

徳田に秋山の記憶の移植が完了する頃、秋山は多臓器不全のため医学的には死亡と判定された。

3週間後に徳田のフレイルチェストは治癒し、人工呼吸器が外され真っ暗なICUの個室で秋山の記憶が移植された徳田が麻酔から目が覚めるのを待った。

秋山の記憶を徳田に移植した事実は山岡が秘密裏で行い、誰も知りようがなかった。

そして、徳田は目を覚まし、山岡と話しながら自分の顔を鏡代わりのスマホで見ている。スマホには秋山ではなく徳田の顔が写し出されていたのだった。

山岡の声はイントネーションこそ同じであるが秋山の覚えている山岡の声ではない。その理由は山岡の声は「徳田」の耳の鼓膜を伝わって聞こえるものであり、秋山の鼓膜を伝わって聞こえるものではなかったからだ。

自分の声にしても、秋山の話す会話は「徳田」の声帯を使って発せられ、徳田の鼓膜を伝わって聞こえるものだから本来の秋山の声ではない。

秋山が3週間の眠りから覚めて、山岡の声や自分の声が聞き慣れないものであったのは当然の事であったのである。

自分は徳田一理

「記憶は秋山先生、体は徳田先生である今、私の目の前にいる人を敢えて『秋山先生』と呼びます。

ただし、『秋山先生』と呼ぶのは二人だけの時です。

我々以外の誰かが同席している場では『秋山先生』を『徳田先生』と呼びます。

ちょっとややっこしいですね」

山岡は改まって、記憶は「秋山」、体は「徳田」の個体を何と呼ぶかを提案した。

「そうだね、僕は誰が見たって徳田君だ。スマホに映し出されている自分の姿を見ても徳田君に間違いないと思う」

「しかし、僕が今こうしている事に、君に感謝すべきかどうか僕は混乱していて分からない」

「誰かの記憶をソックリ別の人に移植する。通常このような誰も試みた事のない医療行為を行う場合は、大学内の倫理委員会の承認を受けてからでないとできないのに。

そこいらの手続きはどうしたんだね」

「実は、倫理委員会には何も申請は出さず秘密裏に行いました」

「秋山先生が、我々の研究成果を学会や論文で発表する事を控えていたために、この大学病院の職員、医師、研究者の誰一人として我々の研究課題を知りません。それが良かったのかもしれません。私が秋山先生と徳田先生のベッドサイドであれやこれやしても誰も私が何をしているのか分からず、咎める人もいませんでした。それに、倫理委員会に今回の記憶の移植の許可を得ようと手続きを踏んでも、許可が下りるまでには膨大な書類の準備とおそらく1年以上の長い時間が必要です」

「あの時、大脳皮質の記憶は全て残っているが、数日以内に多臓器不全で亡くなられる秋山先生と、外傷で命は助かりそうだが大脳皮質から記憶が全てなくなってしまった徳田先生がＩＣＵのベッドで隣り合わせになっていました。私は考えました。これは奇跡に近いチャンスが巡ってきた！　記憶の移植をする最高の舞台が自分の前に投げ出され、『さあ、思う存分やってみろ』と神様に励まされたような気がしました」

「『準備をしてない者にチャンスは訪れない』、秋山先生がよく言われた事ですよね」

「私はこの奇跡的な偶然の出来事に賭ける事にしました。そして行った行動は先ほどお話した通りです」

「そうだね、今自分がこうして君と話しているのは、僕は喜ぶべきだろう。君の行った事の結果には科学研究をする一人として称賛せねばならないのだろう」

「秋山先生、先生はこれからは徳田先生として生きてください。外見上は徳田先生ですから誰にも疑われません。それに、先生がどんなに『自分は秋山だ』と言っても、指紋、声紋を調べても、DNAを調べても対外的、現在の医学的に見たら先生は『秋山先生』ではなく『徳田先生』なんです。指紋やDNAで本人確認はできますが、記憶だけで本人確認はできないんです。だから、現在の医学上は先生が誰であるかは指紋、DNA鑑定が先行します、分かりますよね。もし、先生が『自分は秋山だ』と、主張をし続ければ先生は精神鑑定にかけられ、精神病院に入れられてしまうかもしれません」

「でも僕は徳田君にはなりきれないよ、彼がどんな個人的生活を送っていたか、あまり知らないし。僕は脳外科医だし、彼は心臓外科医だからな……。僕が徳田君になるためには、心臓外科をやらなくてはいけないじゃないか」

「秋山先生、大丈夫です。私生活なんて、今回の事故である程度忘れた事にすれば良いんです。何か言われたら『そのうち思い出すよ』程度の答えをしておけば良いんです」

徳田は独身であったために一人暮らしをしていた。医局員の誰も徳田の私生活に詳しいものはいなかった。

山岡はさらに続けた。

「幸いな事に我々は、大医局で長年心臓外科医とともにカンファランスをしたり、人が足りない時は心臓手術の手伝いもしてきたじゃないですか。それに、若い研修医だった頃秋山先生は心臓外科を専攻するのではないかと言われたぐらいに心臓外科の技術も身に付けたじゃないですか。その頃覚えた心臓外科の技術は今もたいして変わってはいません。秋山先生もご存知の如くに、いったん覚えた運動記憶を忘れる事はありません。自転車の乗り方、走り方を一回覚えてしまえば何十年ぶりに自転車に乗っても転ばずに走れるようなものです。徳田先生の覚えた心臓外科のテクニックは運動記憶ですからちゃんと残ってますからおそらく手術をするのに事欠きません」

「これから、ＩＣＵを出たら一般病室にしばらくいるでしょう。フレイルチェストはここまでくれば時間の問題で治ります。退院したらしばらくは、記憶のリハビリをする事にして休養をとりその間に徳田先生になりきる準備をするんです。入院中も、記憶のリハビリをする事にして、誰かに頼んで例えば手術記録を読んだり、最新の心臓外科の学会誌に目を通せばいいんです。もちろん、私もできる事は何でも協力します、頑張りましょう」

秋山は山岡の提案を受けるべきであるかどうかを迷った。

「そんな事はできるのだろうか。何だかかなり無理があるみたいだけど」

「でも、秋山先生は9月2日、午後3時21分に亡くなられて、ご遺体はすでに荼毘にふされています。今、私と話をしている秋山先生の記憶はもう帰るところ、帰る体がありません。だから、先生は徳田先生になりきってこれから生きていくしかないのです」

自分は死亡して体はもうすでにこの世の中にない。

しかし、取り残された記憶だけがこの世に生きて他人の中にあり死んだはずの自分が存在している。

あり得ない事であるが、現実のようだ。

秋山が困惑した面持ちで考え込んでいると病室の扉がノックされた。

「やっとお目覚めになられましたか」

と、ICUの室長の川西が回診のため部屋に入ってきた。

「徳田先生、如何でしょうか？　何せ3週間近く眠って人工呼吸器をされてましたからね」

川西に『徳田先生』と呼ばれて、秋山は複雑であったが、考えてみたら誰だって自分と会えば、徳田と思うに間違いないし、誰も死んだはずの秋山の記憶だけが徳田の体の中にあるとは思わないのである。

「この3週間の間に頭を強く打たれた徳田先生の、脳の状態を検査する上で山岡先生には世話になりましたよ。何回もご自身でみずから脳波を取ってくれて、脳波は大丈夫と言ってくれました。それにあれだけ頭を強く打って脳震盪だけで済んだのは、徳田先生はよっぽど運が良いんですね。ところで、事故の事を覚えていらっしゃるでしょうか？」

秋山は困惑した、自分は胸が痛くて病棟で回診中に倒れた、秋山は事故に遭った訳ではない。

今、自分がいる徳田の体は先ほどの山岡の話によると事故に遭ったのであろうが、秋山の記憶の中には、事故に遭った記憶は全くない。

するとと、横から山岡が、

「徳田先生、ほらさっき私が事故の状況をお話ししたじゃないですか」

「川西先生、そこいらの記憶だけはレトロ・グレード・アムネジア（逆行性健忘：何か頭に強い刺激が起こった時に事故が起こる瞬間からさかのぼった記憶がなくなってしまう事）になってしまってます」

「そうだな、あの事故では当然だと思います。これから記憶のリハビリが必要ですね。徳田先生は交通事故に遭って、頭には強烈な脳震盪を起こし、胸を強く打ってフレイルチェストとなりました。幸いだったのは、病院の近くで事故に遭った事ですね、現場から病院まで救急車でほんの数分でしたからね。これが、搬送に20分も30分もかかる病院ならば徳田先生の命はなかったでしょう」

「いや、本当に皆さんにはお世話になったみたいで、お礼を言います」

秋山は徳田になりきってお礼を言った。

「ところで、徳田先生が事故に遭ったその日に、脳外科の秋山先生もご病気になられたのをご存知でしたか。いや、覚えておられますか？」

「ええ、何となく覚えてます」

「秋山先生は、お気の毒でした。我々も循環器チームも頑張りましたが。重症の心筋梗塞発症後8日間で亡くなられてしまいました」

そして、川西は秋山の病状の経過を事細かに話した。

自分が死亡してしまった話を他人から聞くのもおかしな話である。理解はできても心境は複雑で混乱状態である。


「まあ、われわれの大学病院は心臓外科と脳外科のリーダーを一挙に失うかもしれない、緊急事態であったのです。残念な事に秋山先生はお亡くなりになられましたが、徳田先生だけは何とか助ける事ができました。でもここまで来ればもう大丈夫です、これからリハビリテーションを頑張って早くに職場復帰をお願いします。今の病状であれば明日にはＩＣＵを出て一般病室に行きます、もちろん個室を用意しておきましたよ」

川西は秋山の病室を出ていった。

ドアが閉まるのを見とどけると山岡は振り返り、

「さあ、秋山先生記憶のリハビリテーションを始めましょう。そして心臓外科医の徳田一理になりきるんです。もうそうするしか方法がないんです」

と、言い放った。

翌朝、秋山は一般病室の名札に『徳田一理』と書かれた、個室に移動した。

フレイルチェストのため低下した呼吸機能を回復するリハビリ、長時間寝たままで運動ができず萎縮してしまった手足の筋肉に力を取り戻すためのリハビリ、脳震盪を起こした脳の機能を回復させるリハビリなどのプログラムが朝から夜まで用意されていた。

これらのリハビリプログラムが終了し、夕飯をとり終わると、『徳田一理』になる訓練が待っていた。

部屋には山岡が手配したのだろうか、徳田がこれまで行ってきた手術記録やメモ、執筆した論文などが次々と運び込まれた。

山岡は若い医局員に指示して、脳震盪で記憶の薄れた徳田に昔の記憶を思い出させると称して、書物や写真、徳田が好んで聞いていた音楽ＣＤなどを秋山の部屋に運び込ませた。

最初は戸惑いながら、『徳田一理』になる訓練をしていた秋山であったが日にちがたつにつれて「徳田先生」と声をかけられても素直に声のするほうに振り返られるようになった。

呼吸器、運動能力などのリハビリは順調に進み一月で秋山は退院する事になった。

自分は病人であるうちは、さまざまの事を周りの人間が助けてくれる。

徳田一理になる訓練、学習はできる。

しかし、問題はリハビリテーションが終了して、職場復帰した時に徳田になりきり心臓外科のチーフとして手術ができるかという事である。

確かに若い頃、レジデントの時代には心臓外科手術も一応に覚えた、人工心肺を付けたり、外したりする事もできる。

しかし、それは20年以上前に覚えたもので、現在、心臓外科では日常茶飯事に行われている直径3㎜にも満たない冠動脈を繋ぎ合わせる血管縫合ができるであろうか？

病気でボロボロになった心臓の弁を縫い合わせる弁形成術や、人工弁置換術ができるであろうか？

血管縫合や弁置換術は、徳田の体、手、指は経験があるだろうが、秋山の記憶の中では全く経験がない。

徳田の体が今までにしていた手術を、徳田と同様にできなければ、最悪の場合手術を受けた患者は手術台の上で死んでしまう術中死にもなりかねない。

そんな事態に陥ってから、自分は徳田の体の中にいるが、実は心臓外科の経験のない秋山であると言っても誰も信じてくれない。

自分が大学に復帰した時、同僚や、看護師たちは自分に何を求めるのであろうか？

自分の脳内にある自我が秋山であっても外見は徳田な訳で、山岡の言うように指紋だって、ＤＮＡだって全て徳田である。

だから、自分が大学に復帰した時に、誰しもが心臓外科の徳田の復帰と考える。

徳田の体の中にいる自分が「脳外科をする」と言っても周囲は誰も認めてくれない。

認めないばかりか、事故で精神を病んだ心臓外科医としか見てくれないだろう。

一か月の入院リハビリテーションの期間が過ぎて秋山は退院する事になった。

入院中にお世話になった人たちに退院の挨拶をして回ると、誰しもが異口同音に、

「徳田先生、ご自宅に帰ってゆっくり休養してください、そしてまた以前のように心臓の手術をお願いします」

と、秋山に言った。

やはり、誰もが心臓外科医の徳田が心臓外科に復帰する事を望んでいる、自分は彼らの期待通りの手術ができるだろうか？

改めて、周囲が自分を徳田と認識している事を確認した。

それは、山岡が行った「記憶の移植」を知らない人たちにとっては当たり前の事で

あった。

昼近くに、医局の女性秘書が運転する車に乗り、秋山は徳田の自宅マンションに帰った。

自室である901号室のカギを開けて部屋に入った。もちろん初めて見る部屋の中である。

玄関から上がり廊下を抜けると居間があった。カーテンと窓を開けて光と空気を居間に入れ、ソファに座った。

「仕方がない。もう徳田になりきるしかない。こうなったらとことんやるしかない」

と自分に言い聞かせた。


今後はここを生活の拠点としなければならない。

まず何が何処にあるのか確認しなくてはならない。

机や棚を開けて、しまってある物を確認した、冷蔵庫も開けてみた。

何か、住人が留守の部屋に上がり込んで、物色しているような後ろめたさを感じながら、徳田の部屋の中にあるさまざまな物を確認した。

居間の隅には、徳田が医局の宴会などで演奏するギターが置いてあった。

秋山はそのギターを手に取ってみた。

秋山はピアノを習っていたので楽譜は読めるがギターは弾いた事がない。

本棚にあった楽譜を取り出してギターを弾いてみた。

驚く事に全くギターの経験のない秋山は楽譜通りにギターを演奏する事ができた。

山岡の言っていた運動記憶は大脳皮質に保管されてない事の証明だ。

そうか、徳田君が手先を使って覚えた運動は全て保存されているんだ、だから自分は徳田が運動機能として覚えている心臓外科の手術もできるはずだ、と確信した。


そして、自分は一体誰であろうかと考えた。

自分は徳田の体に、脳みそが移植されたみたいなものだ、しかし他の心臓や肺等の臓器と違って脳神経を他人に移植する技術はこの世の中にない。

脳みその移植が不可能であったために、山岡が自分の記憶の全てを記憶喪失となった徳田の脳みそ、大脳皮質に移植してしまった。

今現在でも、自分は自分を秋山だと思っている。

ところが、他人が今の自分を見たら、誰も自分が秋山淳と思う人はいない。

仮に、自分の妻が見ても、自分は秋山ではなく、徳田と思うであろう。

今自分がいくら「自分は秋山だ」と、言い張っても、秋山はもう1か月前に亡くなってるし、指紋を調べたって、採血してDNA鑑定をしてみたって、今の自分は現在科学の証明するところでは「徳田一理」であろう。

自分は徳田ではないといっても誰も信じてはくれない。

そして、誰も自分を徳田としか見てくれない以上、自分はもう徳田一理として生きるしかないと思った、覚悟せざるを得なかった。

そして、

「俺は、脳外科医の秋山淳ではない！」

「俺は、心臓外科医の徳田一理だ！」と誰もいない部屋で大きな声で叫んだ。

心臓外科医となった秋山淳

「徳田君、元気な姿を見る事ができて、僕はうれしいよ」

「まあ座りたまえ」と言って主任教授の杉山は秋山を教授室のソファに腰かけさせた。

ここは外科の主任教授である杉山の部屋である。

自宅療養をしてから2か月がたったある日、秋山は杉山主任教授室に挨拶に来ていた。

徳田になりきるために秋山は徳田の自宅で、徳田の予定表などが書かれたメモ、写真、パソコンのメールのチェック、嗜好品の調べ等を行い、なるべく徳田に近い自分を作り上げる努力をした。

教授の杉山はやや痩せたが、体調が戻ってきた徳田を見ると、

「8月のあの日、君と秋山君がICUに入院した日は、僕もそうだが、外科の医局員一同、いやいやこの大学のスタッフ全員がビックリした。

何せ全く同じ日に脳外科の秋山君は重症の心筋梗塞で、そして君は、不慮の事故で

大けがを負って二人ともＩＣＵに入院した訳だからね」

「ご存知とは思うが、不幸にも秋山君は帰らぬ人となった。まあ二人のうち、君だけでも助かったのは不幸中の幸いだ」

「ご心配をおかけして申し訳ありません、私も知らなかった事とはいえ秋山先生は気の毒だったと思います」


「君の体調はどうなんだね、そろそろ仕事に復帰できそうかね。脳外科は山岡君が、頑張ってくれている。心臓外科は野上君が頑張ってくれているが、徳田君が復帰してくれたらそれは助かるよ」

「はい、私もなるべく早い時期に復帰したいと考えています。無理せずに優しい症例から手術をしたいと思っています」

「さすがの徳田君も、大病をするとちょっと弱気になるのかね。まあ、良い。なるべく早く元の診療ができるようにしたいものだ。心臓外科も脳外科も君たち二人が倒れてから、リーダーがいなくなり、手術件数が減った。そして我々外科の収入も減っている。僕が出席する診療報酬の会議でも、外科の収入が減って他の科から突き上げをくらい肩身の狭い思いをしている。まあ、脳外科は山岡君が頑張って何とか秋山君が亡くなる前の状態に近くなってきたけどね」

「ご存知の如く1年半後には、僕の主任教授の任期が終了する。その後にはこの病院の院長に立候補しようとしているけれど、外科の収入が減ったままでは選挙に勝てるかどうか危ういものだ。何せ、学問だの、教育だの言っても、大学病院だって経営が先行して診療報酬つまり売り上げを上げた実績がないと院長にはなれない」

大学病院も含めて大きな病院では毎月必ず各科の責任者が集められて診療報酬を発表する会議が開かれる。そこで各々の診療科の毎月の診療報酬つまり収入、入院患者数、外来患者数、入院患者の入院期間、入院患者一人当たりの売り上げ、外来患者一人当たりの売り上げ等が報告される。

関東医科大学は私立医科大学の名門ではあるがここ数年赤字が続いている。

高額の医療機器などの導入に、新病院の建築などで銀行からの借り入れが増えて経営状況を悪くしている。

病院の運営には各科の責任者である教授が診療を担当して収入を上げるが、実際の経営は理事会が行う。

理事会は各科の毎月の収入の増減を睨みながら、診療担当の教授に数値目標の達成を課してくる。

外科の収入は、当たり前ではあるが手術から得られる。手術件数が少なくなれば、収入が減る。

そうなると、病院内でのベッド数の振り分けが減らされて、さらに入院患者が減る。収入が減ると、その科に割り当てられていた医師の数も減らされる。

手術件数、診療から得られる収入、入院患者数、割り当てられたベッド数、医師の数などが減れば、診療責任者である主任教授の発言力は弱まってしまう。

こういう悪循環に陥る。

私立医大の教授は常に診療報酬とベッド数の確保を心がけ理事会の意向に沿うようにせねばならない。

理事会の意向に沿わなければ大学病院の教授といえども、ある時突然理事会から肩をたたかれ退職を勧められる事も珍しくない。

この数年間に何人かの教授は、表向きはさまざまな理由となっているが、実際はその教授の率いる科の収入が理事会の期待するレベルに届かず、任期満了の前に理事会から肩たたきにあって姿を消しているのも事実である。

「だから、徳田君、なるべく早い時期に君が事故に遭って、8月以来落ち込んだ我々外科の診療報酬をもとの状態に戻してほしいのだ。脳外科は山岡君が頑張ってくれてまあまあのレベルまで戻ってきた。心臓外科は野上君がとりあえずのリーダーをしているが、ちょっと力不足だ。やはり、徳田君、君が復帰して頑張ってくれないとね」

杉山は繰り返し、徳田が早く復帰して心臓外科を立て直すように徳田に依頼した。いや、言葉は丁寧だが業務命令みたいなものだ。

杉山自身はあと1年半で主任教授の席を空けなければならない、そして何としても自分が次の院長に選出される事を望んでいる。

その、自分の希望を達成するには、今の低調な外科の収入では選挙に勝てないのである。

秋山、徳田が倒れた当初は、他の診療科からは気の毒がられた。

しかし、時間がたち外科の収入が減るにつれて、次期院長は外科の杉山と思っていた他の診療科の教授たちの中の何人かはひょっとしたら自分が院長になれるかもしれないと考えるようになった。

実際、ここ数か月は次期院長選を巡って水面下での画策が起こり始めている。

その噂を時々耳にしている杉山は何としてでも自分の診療科の外科の診療報酬を上げなければならない至上命令を課されていた。

「徳田君、1年半後の教授退任と院長選挙は僕の問題だが、君の問題としてはもちろん君が次期教授に選ばれるかどうかの問題もある」

「秋山君が存命していた数か月前までは、次のこの医局の主任教授候補は君と脳外科の秋山君だった」

「君と秋山君を比べると手術成績や手術件数では甲乙つけがたかった。しかし、秋山君はあれだけ研究熱心だったのに、研究業績を発表した論文の数が驚くほど少ない。論文の数を加味すれば、ある程度の論文数を持っている、君のほうが有利な立場だ。もっとも、秋山君は今亡くなり、君の対抗馬として浮かび上がってきたのは脳外科の山岡君だが、ちょっと若いのに加えて、秋山君と一緒に研究活動をしていたために論文による研究業績がほとんどない。だから、外科の次期教授に最も近い存在は徳田君、君なんだ。あとは、診療実績を上げれば何とかなるはずだ」

確かに、秋山は徳田の論文があるのは知っている。

徳田の論文はある程度あるが、何れも、知名度の高くない学会誌や商業誌のようなものに発表されており、あまり注目に値する内容でもなかった。

要するに、「論文の数稼ぎ」であって、業績をよく見せるだけのものだった。

しかし、秋山のグループが、自分が慎重であったがために研究成果を論文に発表していなかった事もまた事実であった。

山岡は確かに、教授になるのにはちょっと若いかもしれないが、外科医としての技量は十分に持ち合わせている。

後は論文による業績だが、自分のもとで働いていたために業績はあまり多くない。

大学の教授になるのは、論文の数が大切なのは先にも述べたが、自分と共同研究していたがために山岡に業績がない事が、山岡にとって教授選に不利に働いている事に多少責任を感じた。

あまり、綺麗事を言わないで少しレベルの低い雑誌でも良ければ研究成果を発表しておけば良かった。

そうすれば、山岡は今、徳田を抜いて次期教授候補となっていたに違いない。

自分が論文発表をしなかったために、秋山があまり科学的価値のないと思っている論文を沢山書いた徳田が次期教授の最有力候補となったのは何か不思議な話である。

兎に角、徳田には手術成績を上げる至上命令が下った。

その、2週間後に秋山は手術室に入っていた。

大動脈弁と僧帽弁の閉鎖不全によって心不全となった患者の手術が行われようとしていた。

麻酔がかかり、消毒してドレープと呼ばれる滅菌された布が患者の体にかかり、これから大動脈弁と僧帽弁の置換術が行われる。

第一助手（前立と呼ばれる）は野上である。

昨日は夜遅くまで、秋山は野上と今日の打ち合わせを入念にした。

秋山は、8月の事故で記憶の一部がなくなり、ひょっとしたら手術の途中で自分が何をするべきか分からなくなってしまう事が心配だった。

秋山は徳田の書いた手術記録に何回も目を通して人工弁置換術のシミュレーションをした。

ボクサーのやるシャドーボクシングみたいなものである。

また夜遅くに、誰もいなくなった手術室に入り物の置き場を覚え、人員の配置を確認した。

そしてここでも、また自分が手術をするイメージトレーニングを繰り返し行った。

「野上君、心房を切開したら、君は視野を出してくれ。次は前尖の切除だな。摂子（ピンセット）はドベキータイプを使用、ハサミは専用の曲がりのメッツェンだな。

弁を取り終わったら次は人工弁の装着だ。糸は緑と白の2－0絹糸プレジェット付を交互に、持針器は専用の曲がりの物を使って順手、順手の順で前尖の弁輪中央から糸をかけていく、そうだよな」

「ええ、良いですけれど。徳田先生は以前はまず逆手、逆手から縫い始めましたよね」

「そうだったかな、ちょっとやってみよう」

秋山は、実際使う持針器、針、糸を使って野上の言うように手術操作をしてみた、そうかこうだったか。逆手、逆手のほうがスムーズだな、人間の記憶なんていい加減なものだ、あんなにやっていた手術の操作を忘れているんだから。

「徳田先生は、大きな事故に遭って、大病をしているから仕方ありませんよ。私は徳田先生がすぐに記憶を取り戻して、また以前のような手術ができると信じてます。私は先生の心臓外科医としてのリハビリテーションには何でも協力しますので、何なりと申し出てください」

「そうか、野上君有難う、宜しく頼むよ」

秋山は自分が徳田の書いた手術記録からイメージした手術操作の一手、一手を野上に確認して、誤ったところを直した。


そして手術当日になった。徳田が執刀するのは約4か月ぶりである。徳田がどのような手術をするか興味を持って手術見学にきた外科医は多かった。その中には主任教授の杉山や、学部長の谷城そして脳外科の山岡らがいた。


「では宜しくお願いします」

と、手術室のスタッフに挨拶した。

手術用の帽子とマスクをつけて目しか見えない野上に「宜しく頼む」と、サインを送ると野上も軽くうなずいて答えた。

「メスをお願いします」

消毒された患者の前胸部に縦の切開が入り手術が始まった。

開胸から人工心肺をつけるまでのカニュレーション操作は秋山はレジデントの時代

に何回もしているので、問題なく淡々と手術は進んだ。

いよいよ、心臓を停止させる大動脈遮断をするに当たり、秋山の頭の中には不安がよぎった。

徳田の手術記録を読み、もちろん、心臓外科の手術手技の教科書も読み、昨日は野上と十分なシミュレーションも行った。

しかし、自分にはこれから先の初体験となる二つの弁の置換術ができるのだろうか？

もしも、途中でつまずいて、予想しなかった事態が発生したら、自分はその事態を収拾できるのだろうか。そして患者の命はどうなるのだろうか？

だが、ここまで来たら分野は違うが長年の間に脳外科医として修練を積んだ自分の力量と第一助手の野上の助けを信じてやるしかない。

「では、大動脈を遮断します」

と、言いながら秋山はゆっくりと大動脈の遮断鉗子を絞めた。心臓は次に注入された心臓停止液により拍動が止まった。

心停止予定は1時間30分である。

大動脈と左心房が切開されて、病気で傷んだ大動脈弁と僧帽弁が摘出され、人工弁に置換する作業が始まった。

心内操作が始まると、秋山の不安は払拭された、手術手技は何処でも滞る事なく進行して、二つの人工弁が植え込まれた。

第一助手をしていた野上はあまりの洗練された手術経過に目を見張って驚いた。事故に遭う以前の徳田の手術とはまるで違う。

神業のような手さばきに、時々野上がついていけない場面もあった、そんな時は野上をカバーするかの如くに秋山は振舞い、野上を感心させ、うならせた。

「では、心内操作が終わりました、大動脈の遮断を解除します」

大動脈の遮断鉗子が解除されると血液が心臓の中に入り、すぐに何事もなかったの如くに心臓は拍動を開始した。

「徳田先生、心臓外科復帰一例目の手術おめでとうございます。完璧です」

野上が叫んだ。

心停止時間は予定の1時間30分を遥かに短縮して42分である。新記録である。日本全国、いや世界中でも42分で人工弁を二つ入れ替える事のできる外科医はいない。スーパーサージャン、心臓外科医の徳田の誕生である。

そして、秋山は心の中で叫んだ。

「これで、自分は心臓外科医となったのだ」

心配されていた2弁置換手術は無事終了して、患者も順調に回復した。

秋山は思った。自分は確かに今は徳田の体に間借りしているみたいなものだ。顔、手足、胴体は徳田のものだが、大脳皮質にある記憶は全て秋山のものである。しかし、秋山の記憶は記録記憶だけであって運動記憶は秋山のものではない。例えばある人が自転車の乗り方をいったん覚えると忘れる事はまずない。40年くらい自転車に乗らなくても、自転車に乗れば倒れずに走れるのである。運動記憶は大脳皮質にはなく反射的に出てくる。心臓外科の手術の技は徳田の運動記憶の中にしまわれていたから。

人工弁置換術中は、秋山の記名記憶の中に弁置換の方法がしまわれてなくても、徳田の運動記憶の中から手術手技は引き出されてきて何も考えずに手が動いた。そして、秋山が手術のために勉強して記名記憶の中にあった手術手技と、徳田が持っていた運動記憶とが共鳴してより高度で洗練された手術が行われた事になった。

2日後、秋山は杉山主任教授室に再び呼ばれた。

杉山は、

「徳田君、一昨日の手術は僕も見学させてもらったよ。すばらしい手術だった。

これで、懸念されていた当科の心臓外科も大丈夫だ。今後はこの4か月の遅れを取り戻すように、全力を尽くしてほしい。何せ、心臓外科は当科の診療報酬のドル箱だ。いや大学病院全体のドル箱と言ってもいい。心臓外科が収入を上げてくれないと僕も教授会で肩身が狭かったが、これからは胸を張って教授会に出席できるようになるな」

杉山は満面の笑みを浮かべてさらに続けた。

「徳田君には次の教授選に出てもらわなくてはならない。論文による業績はまあまあだからこのまま手術成績を上げれば、次期教授に選出される事間違いなしだ。だから手術成績を上げて、外科の収入を上げる事に全力を注いでくれ」

秋山は了解した旨、杉山に伝えて教授を退出した。

教授選は実は自分はあまり興味がない、本来なら死亡している自分だ。

今こうして自我があるのは山岡の記憶移植術があったからの事である。

だから、秋山の命はなくなったが、山岡は命の恩人である。

いまさら、自分が「私が秋山淳です」と言っても誰も認めてくれない訳だから、自分は徳田になりきるしかない。

脳外科は山岡に任せて、自分は心臓外科をチームを引っ張って行こうと決断した。

杉山の部屋を出て、心臓外科チームの病棟に顔を出すと、生まれ変わってスーパースターとなった徳田の登場にスタッフは溌剌として働き活気にみなぎっていた。

教授選考会前夜

秋山の記憶が移植された徳田が心臓外科チームに復帰して半年が経過した。

この間に関東医科大学の心臓外科チームは前代未聞の診療業績を次から次にと上げた。

今まで、手間取っていた手術も難なくこなし、手術時間は短く、患者の術後の回復も早かった。

その抜群の手術成績は心臓外科を行っている他の施設を圧倒して、多くの心臓外科医が徳田の手術を一目見ようと関東医科大学の手術室に見学にやってきた。学内外でも評判が立ち、開業医や他の施設から多くの手術患者が紹介されるようになった。

心臓外科チームの好調な手術成績により、診療報酬もウナギ登りに上昇し、教授会のみならず、経営権を握る理事会でも外科学教室、特にその中でも心臓外科は高い評価を得た。

教授会でも外科の主任教授である杉山は、その指導能力を称賛され、杉山自身が次期院長に選出される事を実感していた。

心臓外科チームの評判が良くなったのは、診療成績が良くなったり、診療による収入が上がったばかりではなかった。

チームリーダーである徳田の人間性が高く評価されるようになったからだ。

8月26日の事故に遭う以前の徳田は、所謂ハングリー精神むき出しの心臓外科医であった。

自分の業績を上げるためには、他人をかき分けてでも自分の地位の確保をしていた。

患者やその家族に対する態度は高飛車であまり話もしなかった。

疲れている時などは、患者が何か質問しても不機嫌そうな態度をあからさまにした。

よく患者やその家族からは、

「徳田先生は、おっかなくて話しにくいです」

とクレームが来る事も多かった。

部下には冷たく、結果のみを尊重して、他の医師が行った手術がうまく行かなかった時などは平気で人前でその手術の非難をした。

自分が手術をした患者についても、手術室を出てＩＣＵに入ってしまえば、術後管理は自分の部下やＩＣＵのスタッフに任せきりで、たまにＩＣＵに顔を出す程度であった。

ＩＣＵでの手術後の経過が思わしくない時などは、自分の部下やＩＵＣのスタッフの行っている治療を平気で非難した。

「徳田先生のあのやり方では、徳田先生が教授になっても、ついていけるスタッフはいないんじゃないですかね」

「徳田先生は、何といっても学部長の谷城先生の親戚だから、誰も徳田先生のやり方を非難できないんだろう」

こんな会話が医局や病棟ではよくかわされていた。

さらには、

「そこにいくと、脳外科チームは、地味だけど秋山先生のもとでよくまとまってるよな。徳田先生も秋山先生の爪の垢を煎じて飲めばいいのに」

「でも、秋山先生は次期教授にはなれないな。学内に徳田先生ほどの人脈的コネクションはない。

第一からいって、秋山先生はあれだけ研究熱心なのにさしたる論文の業績がないからな」

「徳田先生は学内のコネクションは強いし、あまり学問的には意味はないけど、まあ一応は論文と認められる業績もいくつかあるからな」

また、他の医局員の間では、

「僕は、徳田先生の論文にはゴーストライターがついてるとの噂を聞いた事もあるけど」

そんな噂も横行していた。

せっかく育て上げた心臓外科医でも、ある程度実力がつくと徳田のやり方に嫌気がさして、医局を退職し市中病院に勤務するようになる医師も今までに何人かいた。だから徳田があの事故に遭うまでは、心臓外科チームの人間関係は殺伐としたものであった。

ところが、8月26日のあの事故で脳震盪とフレイルチェストで入院して、その4か月後に職場に復帰してからというものは、徳田の評判は患者や家族からすこぶる良かった。

優しい言葉遣い、謙虚な態度、患者やその家族への思いやりなどである。

手術が終わってICUに患者が入っても、秋山は決して気を緩めなかった。患者の状態が落ち着くまではＩＣＵのベッド横にいて看護師やＩＣＵの医師たちに細かい指示をした。

今は、アメリカ型のシステムに慣れて、「外科医は手術だけ担当すれば良い」という風潮が横行している。

最近では手術が終わり、患者がＩＣＵに入ると「じゃ、後は宜しく」と言ってあまりＩＣＵに顔を出さない外科医が多い。

しかし、秋山だけは自分が手術をした患者が呼吸器から離脱して、話ができるようになり、患者の家族が面会して手術経過を説明し終わるまでは決してＩＣＵを離れようとはしなかった。

時として、それは手術をした翌日の早朝になる事もあり、翌日の手術が始まりそうになる事もあった。

秋山のそういう行動を見て、

「徳田先生はいつお休みになるのでしょうか？」

と、患者の家族から心配される事も多かった。

秋山はまだ医者になって間もない頃、先輩外科医の峯が手術をした患者さんの術後管理をＩＣＵで任された事がある。

その患者はＩＣＵ入室直後は血圧など不安定だったが、１時間ほどで落ち着いた。医者になって間もない頃の当時は、外科医といっても小間使いみたいなものである。疲れきっていた秋山はＩＣＵを離れて仮眠をとってしまった。うとうとしているとＩＣＵから呼び出しがかかり、眠い目をこすりながらＩＣＵに駆けつけると、先輩医師の峯がＩＣＵの患者の横に立っていた。

「秋山！　何処で何をしていたんだ！　この状況を見て見ろ！

血圧は下がるし、不整脈も多い。尿量はこんなに減って最悪だ！」

なるほど、先ほどまで快調であったのに、秋山が別室で仮眠をとってる間に患者の病状は一転して急変し術後の重症心不全、低心拍出量症候群となっていた。

「いや、先ほどまでは血圧は１２０～１３０㎜ｈｇと安定して、昇圧剤も減量して不整脈もありませんでした」

秋山が説明すると、峯は、

「じゃ、今の状態は一体なんだ、どう説明するんだ」

峯の剣幕に駆られて、秋山は患者の状況や、秋山の出した指示の正当性を話をしたが、それはただ言い訳にしか過ぎなかった。

秋山のした処置が正しければ、患者がこのような最悪の状況には陥らなかったはずである。

そして、峯は若い秋山を睨みつけながら、

「ごちゃ、ごちゃ、言わなくていい。お前はＩＣＵに患者が入ったら、その横にへばりついていればいいんだ！　何処にも行かずここにへばりついていろ！」

そのように、叱責されて、若かった外科医の秋山には自分がちょっと目を離したすきに重症心不全に陥った患者を回復させる命令が下った。

峯が何処からか椅子を持ってきて、秋山に言った。

「これに座って、患者の病状が回復してＩＣＵを出るまでは片時も患者から目を離すな」

こうして秋山は患者の横で朝から晩まで過ごす事になった。

夜はストレッチャー（患者搬送に使う移動用のベッド）を持ってきて患者の横で寝た。

しかし、患者の病状は改善せず何日かが過ぎた。

その間、先輩外科医の峯は一日に何回かＩＣＵに姿を見せて、秋山から病状の報告を聞き、治療のサジェスチョンを秋山に与えた。

時としては、夜中の3時頃ICUに来てストレッチャーの上で仮眠をとっている秋山を起こして、

「どうだ、状況は。まだダメか。まあ諦めずに頑張ってへばりつくんだな」

と、言い残していった。

しかし5日を過ぎる頃から少しずつ血圧が上がり尿も出るようになった、昇圧剤も減量できた。

8日目には人工呼吸器を外す事が可能となり、10日目にはICUを出る事ができた。

ICUから患者が出た日の夜、秋山は峯から夕食に誘われた。

峯は病院では厳しい先輩外科医であるが、同時に後輩外科医に優しく、医局内の誰からも信望が高かった。

夕食で秋山に酒を勧めながら峯は若かった秋山に話をした。

「外科医にとって、手術を完璧に行う事は大切だが、もっと大切な事は手術をした患者がどうなるか見届ける事だ。最近は外科医の意識も何かとアメリカ風になるのが良いような間違った考えがあると思う」

医療の分業というか、内科医によって手術が必要と診断された患者は、手術の時に外科に転科する、そして外科医が手術室で手術をする。

手術が終わった患者はＩＣＵの医者に術後管理が任される。

そして、手術が終わり状態が落ち着くと今度は再び内科に戻されて内科で管理される。

「それも、間違いではないと思うが、手術が終わったら後はＩＣＵの医者や内科医に任せる外科医が僕は好きになれない。外科医はどんな小さな手術でも、自分が行った手術患者がどうなるのかを見届けなくてはならないんだ。僕に言わせれば、手術した患者をＩＣＵに任せて診にこないような外科医は最低だ。自分の患者がＩＣＵに入ったら、その横にへばりつき、どんな小さな出来事も見逃さずに患者を観察する、これが大切なんだ。それができないような医者は手術なんかしちゃいけないと思う」

「実際、この前の患者だって秋山君が10日ほどへばりついていたら、患者は良くなったじゃないか。何が良かったって、要するにへばりついていたのが良かったんだよ。いいか、よく覚えておけ。『外科医は一生レジデント（病院に住み込みの医者）』なんだ。外科の道を一生の仕事として選んだからには『一生レジデント』をたたき込め」

と、言いながら酒を秋山に勧め、この10日間の労を労った。

それ以来、秋山は自分が手術した患者がＩＣＵを出るまではベッドサイドから離れる事はない。

秋山が手術患者のベッドサイドを離れないのは実はもう一つ理由がある。手術は徳田の体がしているのであるが、頭の内容は秋山である。運動記憶によって手術中は体が動き手術をこなせてしまうのであるが、秋山の記録記憶上の経験には全くない初体験の手術ばかりである。術後に何が起こるか秋山は予測できず、不安なのである。

自信がないのである。

不安であるが故に、そして自分のした手術に自信がないが故にベッドサイドから離れられないのである。

しかし、その秋山の姿を見ている周りのスタッフからは、手術で疲れているにもかかわらず、術後は手術患者から片時も目を離さない、熱心な外科医として良い評判がどんどん上がってしまった。

そういう診療態度が、周りの外科医や看護師のスタッフとの信頼関係を築き心臓外科チームは関東医科大学内での最強外科チームと言われるまでになった。

ある日、徳田の叔父でありこの大学の学部長をしている谷城の部屋に呼ばれた。

「一理くん、最近の評判はよく耳にするよ、手術成績も良く外科の収入も上がっている。理事会の評判も良いようだ。杉山教授の任期も後1年ほどだ、君は教授選にはもちろん出るんだろうね。準備状況はどうだね」

「いえ、それが未だ何も……」

「それは、いけないいな。早く準備に入るんだ。まず、最近3年の手術症例のリストが必要となる。これは所定の用紙に書き込めば良い」

今までの手術症例数には問題なかった、特に最近の半年間は手術症例が豊富で成績も抜群に良かった。

まして、学内での心臓外科チームの評判は極めて良いので、教授選で投票権を持つ各科の主任教授たちの印象もすこぶる良い。

「次に、推薦状だな。まず現在の主任教授の杉山先生は推薦してくれる。この件については先日、親しくしている心臓外科学会会長の東都大学の松下教授に頼んでおいた。君が、教授になった暁には松下教授が国に申請している研究費の採用を認可できるよう僕がする事になっている。もちろん個人的にそれ相応の謝礼も準備しておかなくてはいけない。それは了解だな」

秋山はあまり教授選に興味がなかったので、浮かない顔をして谷城の話を聞いていた。しかしここでも秋山は徳田になりきらなくてはならないため、

「谷城おじさん、何から何まで有難うございます」

心にもないお礼を言った。

さらに、学部長の谷城は続けた。

「最後は論文だ、君の論文はある事はあるがインパクトファクターが低いな。論文の数はまあまあだが、質が問題だ。教授選を戦う上で、君の場合ネックと言えばネックだ」


関東医科大学では、臨床系十二名と基礎系十名の主任教授で教授会が構成され、各主任教授の投票により次期教授が選出される。基礎系とは診療にかかわらない部門の教授で解剖学とか生化学などの教授である。これらの基礎系の教授が一票を投じる時に参考にするのが論文の数と、インパクトファクターで計算される論文の質である。谷城は徳田の論文のインパクトファクターが足りない事を懸念しているのである。

そうはいうものの、いまさらインパクトファクターの高い論文が書ける訳がないからとりあえず数だけでもそろえておこうと提案しているのである。

「まあ、教授選までにもう2～3編の論文は書いておくんだな。発表する雑誌は何でも良いんじゃないか。論文の数だけでもそろえておかなくてはいけない。兎に角、いつもの通り、ライターの北見君に書かせるから。何かネタを提供してくれ」

その、谷城の言葉を聞いて秋山は耳を疑った。

『いつもの通りライターの北見君に書かせる？』そうか、徳田は論文を自分では書かずに誰か他の所謂ゴーストライターに頼んでいたんだ」

谷城学部長は徳田とライターとの取り持ちをしていると、容易に推測が立った。

谷城の今の言葉に驚いて、秋山は思わず谷城の顔を見たが、谷城は当たり前の事の如く顔色一つ変えず指示をした。

「もう、教授選は間近だから、早く論文のネタとなる資料を持ってきなさい」

秋山は日に日に評判の良くなっていく心臓外科チームに素直に喜んだ。

しかし、秋山はそんな時に平行して自分に近づいてくる、何かが起こりそうな予感を感じていた。

それは、脳外科の時代に自分と働き、秋山の記憶を徳田の脳に移植してくれた山岡の態度に微妙な変化を感じていたからである。

記憶が移植されてからの何か月間はほぼ毎日秋山のもとに会いに来ては、さまざまなアドバイスを秋山にくれた。

秋山が徳田になりきり、心臓外科チームが上昇機運に乗っている時に、山岡が秋山から引き継いだ脳外科チームは地味ではあるが確実な診療活動をしていた。

そして、山岡にも教授選に出る資格は与えられた。

山岡の手術成績はまずまずで、何処の大学の教授選に出ても恥ずかしくない診療実績を持っていた。

ただ問題は、谷城の言った3番目の論文であった。

亡くなった秋山がなかなか論文発表をしなかったために論文の業績はほぼ0に近かった。

秋山は、山岡が今の状況になる事が分かっていれば、自分たちの研究成果を山岡と連名の論文を発表しておいて、山岡の教授選の準備をしておけば良かったと後悔した。

徳田が不慮の事故に遭い、あれだけ大病をしての後であるにもかかわらず、復帰後は診療成績が上がり、また診療態度の変わりざまを見ている関係者の間では、

「徳田先生には、ひょっとしたらICUの隣のベッドで治療を受けて亡くなられてしまった秋山先生が乗り移ったに違いない」

などと科学的に何の根拠もない噂が密かに飛び交わされるようになっていた。

発表された記憶子

学部長の谷城に言われて、教授選考に必要な書類をしぶしぶ提出してから数日が過ぎたある日の朝、秋山は朝起きてコーヒーを飲みながら何気なくテレビのニュースを観ていた。

いつものように国外でおきている紛争の話や、日本の経済のニュースが終わると、テレビの中のアナウンサーが改まって、

「さて、ひょっとしたら将来ノーベル賞を取るかもしれない関東医科大学の研究成果が、科学誌の最高峰である『ワールド サイエンス』に前代未聞の3連部作として発表されました」

『ワールド サイエンス』は医学のみならず自然科学の最先端の研究論文が掲載される世界最高峰の科学雑誌である。

世界の科学者はこれらの雑誌に自分の研究論文が掲載される事を夢見る。

掲載された論文はノーベル賞選考を行う選考委員の目にとまり、実際これまでに多

くの科学者が『ワールド サイエンス』に掲載された論文によりノーベル賞を受賞している。

論文が一編掲載されるだけでも科学研究の世界では金メダルものであるが、前代未聞の3連部作ともなれば、もうノーベル賞を受賞するにも等しい。

関東医科大学からノーベル賞受賞者は未だ誰も出ていない。

『ワールド サイエンス』に発表される研究発表？

秋山は驚き、テレビの音量を上げてさらに続けてニュースを観ながら、

「これは一体どう言う事だ」

と頭を抱えた。

テレビのアナウンサーはさらに続けた。

「それは、関東医科大学の脳神経外科、山岡准教授の『記憶』に関する論文です」

自分と研究をしていた山岡が？

掲載された論文の表題は、
1．大脳皮質の細胞内に存在し記憶を司る記憶子と名付けた微小蛋白質の証明
2．記憶のメカニズムと記憶子の動態的意義

3．マウスを用いた他の個体への記憶の移植法の開発であった。

論文1では、今まで実態の明らかではなかった「記憶」は、一つ一つに分解されて、大脳皮質内にごみのように散らばっている極めて軽量の微小蛋白質である事が確認された。

このたんぱく質を記憶子と山岡は命名した。

さらに論文2では我々が五感を使って、見たり聞いたりしたものが海馬の中でいったんは短期記憶となるが、睡眠中に重要なものだけは長期記憶の微小蛋白質つまり記憶子に変化され大脳皮質内に格納される過程を解明した。

最終の論文3ではマウスAの大脳皮質内にある記憶を脳波計で読み取り、それから逆算して別のマウスBの海馬に刺激を与え、マウスAの記憶をマウスBに移植する方法が書かれている。

秋山が作った実験迷路を15分21秒で駆け抜けたマウスp2997の迷路の記憶を、未だ迷路を走った経験がない（つまり迷路の記憶がない）マウスh6626に移植すると、そのマウスは今までその迷路は走った経験はないのにあたかも迷路内の道順を覚えていたかの如く一直線に餌に向かって迷路を走り抜ける事ができた。

つまりp2997の記憶をh6626に移植ができた訳である。

この方法をもしも人間に使えるなら、ある人の記憶を別な人に移植する事が可能となる。

例えば晩年となったアインシュタインの記憶を生前に記録しておき、ある人にアインシュタインの記憶を移植できたら、天才アインシュタインのコピー人間を造る事が可能である。

アインシュタインは特殊相対性理論の次に一般相対性理論を発表した。

そして晩年研究に力を注いだのは、力の統一理論を作る事であったが、それを完成する事はかなわず76歳でこの世を去った。

アインシュタイン没後60年たった現在でも力の統一理論は完成されていない。

記憶をコピーされた人間が物理学の研究を始めれば、アインシュタインが生前になし得なかった『力』に関する大統一理論を完成する事が可能であるかもしれない。

クローン技術でアインシュタインと顔や体型が同一の個体を造れたとしても、クローン技術でアインシュタインの大脳に格納されていた記憶を作る事はできない。

記憶は生後に五感を使って獲得され蓄積されたものであるからＤＮＡの操作ではで

きない。

山岡が論文に発表した方法を用いれば、今まで不可能であった人間の記憶や知識を移植する方法が可能となり、ある人の人格を他人の中に住まわせる事ができるのである。

テレビには、論文の執筆者の山岡がゲスト出演して、研究の意義やこれからの展開、研究の苦労話など語っていた。

テレビ出演している山岡の話では、実験はほぼ一人で行った事になっている。

今まで研究成果を発表しなかったのは、研究の成果を十分見極め完璧な状態で発表するためであったと述べていた。

また論文のトップページがテレビに映し出されているが、そこには表題と執筆者の山岡の名前が一名だけ記されていたが秋山の名前は何処にもなかった。

秋山は愕然とした、自分があれほど力を注いだ記憶の研究であった。

山岡の手によって世界に送り出された研究成果は、そのほとんどが秋山により提案され、実験計画がねられ、休みの日も返上して20年間かけて築き上げたものである。

確かに山岡は自分の共同研究者であるが、彼がこの研究の指導権を取った事は一度もなく、常に秋山の指導の下に山岡は実験をしてデーターの解析に協力していただけに過ぎない。

その山岡が如何にも自分がこの研究の発案者であり、研究を実際に行った者であり、論文を執筆した者のように振る舞っている。

悪い言葉で言えば研究業績の横取りであり、独り占めである。

確かに、自分であった秋山淳は法律上もうこの世には居ないので、秋山が論文の執筆者となり得ない。

だから、長年の研究成果をまとめ上げて世に送り出してくれた山岡には感謝しなくてはならないのかもしれない。

しかし、論文の執筆者の一人として秋山の名前が入っていないのはどういう事なのであろうか。


秋山はニュースを観ながら失望の念に駆られた。

テレビのニュースを観終わると、秋山はいつも通りに出勤した。医局では今朝のニュースの話題で持ちきりだった。

脳神経外科チームは地味だが確実な臨床実績を上げていた。しかし、秋山の率いる心臓外科チームの躍進が著しかったので、その陰に隠れて業績があまり高く評価されてはいなかった。

山岡の脳神経外科チームの診療成績が悪かった訳ではなかったのだ。秋山の心臓外科チームがあまりに華やかな存在となっていただけだ。

大学病院の医学部の主任教授の選出は教授会で行われ、教授は臨床系と基礎系に分かれる。

臨床系とは内科、外科、小児科といった患者の診療に当たる科である。

基礎系は生化学、薬理学、解剖学といった患者の診療は行わず医学の基礎研究をする科である。

関東医科大学では、臨床系十二名と基礎系十名の主任教授で教授会が構成されている。

教授選挙ではこれらのうちのどの主任教授も一票を持っている。

臨床系の主任教授に選ばれるためには基礎系の教授の持つ票を如何にまとめるかが大きな課題となる。

基礎系教授は概してあまり臨床成績に興味を示さない、彼らに関心があるのは研究業績としての論文の数と質そしてインパクトファクターと呼ばれる論文に対する評価方法で如何に高得点が得られているかである。

かつて、何編か書かれた徳田の論文の数はそれほど多くもなく、レベルの高い医学界雑誌に掲載された訳でもないのでインパクトファクターは高くない。むしろ教授選に出るにはお粗末な研究業績と言ったほうが良い。

それに対して、山岡の論文が掲載された『ワールド サイエンス』は世界最高峰の科学雑誌である。

それまでの山岡の研究業績はほぼ0だったが、桁違いに高いインパクトファクターの得られる『ワールド サイエンス』に一編でも論文が掲載されればそれで教授選に出るには十分である。

しかも山岡の論文は前代未聞の3連部作で掲載された。今まで『ワールド サイエンス』に一気に3連部作を掲載できた研究者は日本人では誰も居ない。

加えて、今朝のテレビニュースで日本全国に山岡の業績が報道されて、賛美がもたらされた。

これで、教授選では研究論文の業績に重きを置いて一票を投じる基礎系教授の票を全て確保したのも当然である。

また、これだけ日本全国いや世界全体で話題となった論文の執筆者である山岡が教授選で落選したら、関東医科大学の教授会全体の資質を問われる事になる。

つまり、ここに来て山岡は関東医科大学の外科学教室の次期主任教授の最有力候補となったのである。

外科の医局では、あっちこっちで今朝のニュースの噂と、教授選の今後の成り行きを小声で語る光景が見られた。

その日の午前中に秋山は学部長の谷城に呼ばれた。

「僕も、今朝のニュースは観たよ。山岡君の研究は素晴らしいな。それも一人でやり上げたなんてね、亡くなられた秋山君からも多少の指導はあったと思うが素晴らしい。君も、もっと多くの論文を作っておくべきだったんだ。今までやってたように、お金を払って論文を仕上げればよかった。自分の名前の入った論文を世に送り出すのは、自分の将来の地位を得るための資本投資みたいなものだからな」

さらに谷城は続けた。

「君は、あの事故にあって大病したにもかかわらず、復帰後の手術成績は誰も信じられないぐらいに飛躍的に向上して学内外の評価を得たが、僕がいくら勧めても論文の執筆をしなかった。以前と同じように、データーと謝礼を出せば、ある程度医学界で認められた雑誌に論文を掲載する事ができたじゃないか。金を払って論文を書かせる、表立っては言えないけれど誰だってやっている事じゃないか。なのに、どうして君は教授選も近いというのに論文を出そうとしなかったのだろうか？　僕にはそれがよく分からない」

確かに、心臓の手術は何とかこなせたが、未だ心臓外科の分野の論文がかけるほど知識はない。

叔父の谷城学部長の言う通りデーターと、謝礼金を出してゴーストライターに論文を書かせる手もあるが、秋山はそれには納得できず谷城の申し出を断っていた。

自分の論文を出すのに他人にお金を払って書いてもらうのは、秋山のように地道な研究をしてきた者にはできないし、主任教授になる目的で論文の数だけそろえるのも秋山のやり方ではない。

ただ谷城は自分が今、目の前にいる人物を子供の頃から知っている徳田だと思っている。大脳皮質の記憶が全て秋山の記憶に書き換えられた徳田の体だとは思っていない。

「今朝の『ワールド　サイエンス』のニュースで事態は一変した。昨日の夜まで、君は外科教室の次期主任教授の最有力候補であったが、今では山岡君が最有力候補になってしまった。

外科学会会長の東都大学の松下教授に君の推薦状をもらおうとしたが、今の状況では無理な話となった。松下教授に推薦状を書いてもらって君が落選したら、松下教授に恥をかかせる事になるからな。そんな事になったら、僕と松下教授の関係も悪くなってしまうから、この話はなかった事にしてくれ」

別に秋山は、主任教授になりたかった訳でもないが、徳田の叔父である谷城医学部長のやや強引な依頼が断り切れずに教授選に立候補しただけだ。

だが、教授選から脱落した事を心臓外科チームのスタッフが聞いたらどんなに落胆するであろうかと思うと気が重かった。

谷城の部屋から自分の部屋に戻ると、ちょっと自分としては納得できないが、山岡には論文の件でお祝いの言葉を送ろうと思い、山岡に連絡を取った。

院内のＰＨＳが山岡に繋がった

「山岡君、今朝のニュースで君の論文が『ワールド サイエンス』に掲載された事を知ったよ、大変おめでとう。ついてはちょっと会って話をしたいんだが」

ＰＨＳの向こうで、山岡が秋山の申し出への返答をややためらっている事が感じ取れた。

「今日は、テレビや新聞の取材が入り込んでいるんです、別の日にして頂けますか」

そっけなく返答してきた。

「じゃあ電話でも良いんだが、君の論文の執筆者についてだけど……」

すると、山岡は、

「今、新聞社の取材の方が部屋に入ってきましたので、また後にしてもらえますか」

と、言って、けんもほろろに電話を切られてしまった。

山岡は研究業績を独り占めして発表した事に罪の意識を持ち、秋山とは会いにくいのだろう。

だからここ最近、山岡は何処となく秋山を避けるようになったのに違いない。

皆が知っている秋山淳の肉体はこの世にないから、研究成果も山岡の名前だけで発表しても構わない。

一人で行った研究となるとますます山岡の評価も上がり、論文の格も上がるのである。

山岡は秋山と同じで、地位や名誉欲はあまりないと思っていた。

しかし、秋山が他界して自分が突如脳外科チームのリーダーとなり、次期教授選が近づいてきた。

秋山が存命の頃は脳外科チームから教授選に出るとしたら秋山であって、山岡の目は全くなかったのである。しかし、こうして自分が脳外科のリーダーとなったら、もしかしたら山岡自身がこの若さで教授になれる可能性が出てきた訳だ。

実は山岡は秋山の記憶を移植する作業をしている時に、実験室の机の中にあったファイルに気が付いた。そのファイルの中身は秋山がいざ研究発表を論文として送り出す時のための下書きであった。

第一執筆者は秋山、第二執筆者は山岡となっていて、後は実験結果の数値さえ書き込めば論文として完成される形になっていた。

そこで、山岡は大勝負に出たに違いない、それは、秋山の書いた論文の下書きを完成させて、これまでに秋山と行ってきて未発表となっていた研究成果を一気に超一流雑誌の『ワールド サイエンス』に投稿する事であった。

幸いにも、研究のリーダーであった秋山は研究成果の途中経過の段階で論文を発表する事をしなかったので、どれをテーマにしても新しい発見、新しい成果として発表できた。

山岡の目論見は見事に成功して、トントン拍子に『ワールド サイエンス』に論文が受理され、最新号に掲載された。しかも前代未聞の3連部作である。

山岡は、秋山が常に言っていた格言、

「準備をしてある者にしかチャンスは訪れない」

を実践して成功をものにしたのである。

もっとも、準備をしたのは今は亡き秋山であったが……


秋山は電話を切り自分の部屋を出ると、医局に向かって病院の廊下を歩いた。

歩きながらふと外の光景に目を移すと、季節は冬になっていた。ややセピア色に変わり始めた木々の葉の間から研究棟が見えた。

一年前までは山岡とともに毎日足を運んだ研究棟である。

ふと立ち止まり秋山は研究棟を見ながら考えた。

確かに、記憶に関する研究は秋山自身が考案して、自分の下で行われた研究であった。研究結果を世に送り出すのは研究者としての義務ではあるが、事実上秋山淳の名前で論文発表する事は今となってはできない。

研究発表をするなら山岡が適任である事は間違いないが、研究の全てを山岡の業績としてしまい論文を書き上げて投稿するのは納得がいかない。

しかも、『ワールド　サイエンス』に掲載された論文を読むとほとんど自分が下書きとして書いてあった文章が使われていて、いわば盗作である。

自分が法律上死んでなければ、盗作された論文として訴える事だってできるはずである。

しかし、客観的には自分は徳田一理であって秋山淳ではないので、自分が山岡の功績を汚すような事はできない。

このままでいくと、山岡は飛び抜けた学術業績により関東医科大学の外科学主任教授になるだろう。

そうなれば、山岡と昔に冗談で話した山岡主任教授が事実となる。

まあ、それもいいだろう、「自分は九死に一生を得て生きているし、自分の研究成果は世界に認められた事になるからだ」と、自分に言い聞かすしかないと考えた。

研究棟を通り過ぎて医局に着いた。ドアを開けて入ると女性秘書が秋山のところにやって来て、

「徳田先生、お客様がいらっしゃっています。応接室にお通ししてあります」

秋山は今日は誰とも約束をしていなかった。

「何方とも、会う約束をしていないけど」

秋山がつぶやくと、秘書は改まって、やや緊張した面持ちで、

「それが、警察の方みたいなのですが……」

と、周りの医局員に聞こえないように小声で伝えた。

医療訴訟

秋山が応接室のドアを開けると、長椅子には眼光の鋭い、濃紺のスーツを着た男が二人座っていた。

「お待たせしました、心臓外科の徳田一理ですが、どのようなご用件でしょうか」

すると、左に座っていた男が立ち上がり、

「初めてお目にかかります。警視庁、刑事課の島田といいます」

どうして、警視庁の刑事が自分のところに来たのだろうか？

この二人は秋山の何かを探るような、目付きをしていて、いやな予感がしてきた。

「早速ですが、徳田先生が昨年の8月に手術をなさった並木剛士さんの件で少々お尋ねしたい事があります」

「あの並木さんの件か、困ったな？」

あれは、自分の記憶が徳田の体に入る前に徳田がした事で、その当時の事情は秋山にはもちろん分からない。

「並木さんは8月5日に徳田先生が執刀された心臓の手術を受けて、その2日後の8月7日の未明に亡くなられましたが、間違いないでしょうか」

「昨年の夏に手術をした患者さんの事ですね、正確なお話をするためには、カルテを見ながらお話しするのが良いと思います。今、カルテを取り寄せますので少々お待ちください」

秋山は、医局の秘書に連絡を取り、至急、死亡した並木のカルテを持ってくるよう指示した。

カルテが届く間、島田は秋山に経緯を簡単に説明した。

並木剛士は昨年の夏に徳田が4つの弁を人工弁に置換して、術後に低心拍出量症候群となり術後2日で死亡した。

並木剛士の妻とその家族が術前から死亡に至るまでの経過に納得がいかず、この度警視庁に捜査願いを出した。

その、捜査願いに応ずるべく今日、島田たちが徳田に事情聴取に来た。

秋山は、

「事情聴取と言われても困るな、自分がやった事ではないし……」

と、思っているが、自分は徳田ではないとは言えない。

やがて、応接室に並木のカルテ、レントゲンフィルム、心電図、心臓カテーテル検査結果の入っているCD－ROMなどがカートに乗せられて運び込まれてきた。

島田は、テーブルの上に乗せられたカルテ等を一見すると、

「ご家族の疑問の第一は、『本当に四つの弁を交換する必要があったのでしょうか？』と、いう事ですが。この点については如何でしょうか」

「その点につきましては、こちらにあります、術前経過の概略、心臓超音波検査（UCG）結果や心臓カテーテル検査等をご覧になれば分かると思います」

実は秋山は並木のカルテを見るのはこれが初めてである。

説明も何処かしどろもどろになりがちであり、落ち着かない。

そのしぐさを、二人の刑事は、人物を見定めるが如く、犯人捜しをしているかのような眼つきで観察している。

応接室は警察の取り調べ室のような重いどんよりとした雰囲気となっていった。

「我々が聞き取り調査した結果では、四つの弁全てを人工弁に置換する必要はなかったのではないかという意見が多いようです。

特に僧帽弁の交換の必要性が本当にあったのかがご家族の疑問なようです」

秋山自身も家族と同じ疑問を持っていたが、いざ自分が取り調べられる側になると、不思議に保身を考えるようになる。

「私も実は疑問でした」

とは答えられないのである。

誰もが、記憶が入れ替わっても徳田の顔形をした人間を、徳田としか見なさないのである。

ここで、私は徳田の体をしているが、実は頭の内容が入れ替わった秋山であって、徳田ではないといっても、指紋を調べようが、DNAを調べようが、現在の科学、医療の分野の中で判断されるならば『徳田一理』なのである。

そして、もしも、

「私の体は徳田だが実は秋山です」

と、言ったならば、警察の捜査を逃れるために、気がおかしくなったふりをしたとしか見てもらえないのである。

自分が秋山であると証明できる人間はこの世に一人しかいない。

それはもちろん、かつて共同研究者であり秋山の記憶を徳田の大脳皮質に移植した山岡である。

未だ誰も行った事のない医療行為を行う場合は、通常学内の倫理委員会の承認を得てから段階を踏んで行うのがルールである。

山岡の行った「記憶の移植」は医学界のみならず、社会的にも大きな問題となりかねない。

そのようなレベルの医療行為を行うに及んでは、一つの大学の倫理委員会のみにとどまらず、医学会やもしかしたら宗教界も含めて実施の是非を検討される事になる。

しかし、山岡がもしも事の一部始終を公表してしまうと、倫理委員会を無視して人体実験を行い秋山の記憶を徳田の大脳皮質に移植してしまった事実が露見してしまう。

そうなると、山岡は今の職を失うだろうし、また関東医科大学全体の倫理の資質を問われる事になるだろう。

秋山は秋山の自我が徳田の体の中で生きている事について山岡には感謝はしている。

だから、秋山は徳田になりきって、徳田が事故に遭い記憶を失う前に並木に行った手術が如何に正当なものであるかを証明しなくてはならない立場になってしまった。

秋山はまず、四つの弁全ての機能不全による並木の心不全は手術なくして治療が不可能であったと説明した。

そして術前の各々の弁が如何に荒廃し置換が必要であったかを心臓超音波の検査結果やカテーテル検査の結果を示しながら説明した。

説明しながら、僧帽弁の状態を見ると、秋山自身もやはり弁置換がどうしても必要なほどには思えなかった。

しかし、秋山は「術前検査の結果から四つの弁全てを置換する必要性があった」と、説明した。

そして、これは術前に外科の合同カンファランスで手術方針を提案して、外科医局の全員のコンセンサスを得て手術に臨んだものである。決して自分が独断で決めたものではなかった事も追加した。

二人の刑事は無言で食い入るように秋山の話を聞きながら、時々二人で目配せをしながらしきりにメモを取っていた。

秋山が術前の検査結果の話をし終わると、島田が、

「徳田先生のお話はよく分かりました、有難うございます。これらの検査の結果は他の専門医に検討して頂き、第三者の委員会で医学的に正当性があるかどうかを検討さ

せて頂きます。これらの術前検査に加えて、人工弁に交換する必要性の有無については、手術時に摘出された並木さんご本人の弁の病理組織診断が重要です」

「こちらの病理報告書にあります通り、弁の組織は荒廃しており弁置換をせざるを得なかったと考えます」

島田たちに病理報告書を見せながら説明した。

報告書に添付された写真は、秋山も見た記憶のある病理組織のものであった。

それは、並木が亡くなった後に行われた手術の報告会でスクリーンに映し出された写真であった。

秋山はこの添付された写真を見た時に実は安堵した。

この病理組織の写真こそが僧帽弁を置換する必要性を他のどの検査所見にも負けず語ってくれる最強の証拠なのであるからだ。

病理医でなくても、心臓外科医ならばこの僧帽弁の組織標本の写真を見さえすれば弁置換が必要であると納得できるのである。

写真を見ながら、警視庁の島田は秋山に質問した。

「病理報告書は、もちろん専門の資格を持った病理医が検査をして所見を記載するのですね」

「もちろんです」

「この、報告書を書いた方はどなたですか」

「それはここにサインがありますが病理学の高山准教授ですね。では後ほどになりますが、病理学の高山准教授にも二、三質問させて頂きます」

「それから、もちろんこの病理組織の写真も、第三者的な病理の専門家に見て頂き意見を聞く事になります」

秋山は、そこまではうなだれていた顔を自信ありげに上げて、島田の顔を見ながら
「それは、私の望むところです、是非お願いします」


秋山はもともと、徳田の行った手術には納得がいかないものがあった。

しかし、徳田の顔、四肢胴体に間借りしている秋山の記憶で作られた自我は、徳田の行った納得できない手術の弁護に回っている。

不思議と表現していいのであろうか。何故自分は徳田の行った手術の言い訳をしているのか分からない。

しかし、刑事の島田が徳田を攻めれば攻めるほど、徳田ではない秋山が徳田の弁護に走っているのである。

自分がもしも病気で死亡しなかったら、並木の家族側に立って徳田を追及する側になっていただろうが、今は自分の意に反して徳田を守っている。

自我とは結局自分の手、足、胴体が可愛いのであろうか。

それとも、他人から自我が攻められると、良いとか悪いとか考えず人間は防衛反撃体勢となってしまうものなのだろうか。

少し間をおいて島田が喋り始めた。

「徳田先生はここ3年間ドイツのアーバービル社の人工弁を多数お使いになっていますよね」

「ハイそうです、それが何か……」

「実はわれわれは、アーバービル社の日本法人の不正経理も捜査しているんです」

「アーバービル社には多額の使途不明金があります、その使途不明金の一部が日本の心臓外科医の個人口座に振り込まれている事が判明しました」

「要するにここまで話せばすでにお分かりの事とは思いますが、人工弁を使用した場合のバックマージンがある特定の心臓外科医に振り込まれていた訳です」

「そして、使途不明金の流出先として、鹿児島にある幽霊会社が浮かび上がってきました。そしてそこに一回プールされた使途不明金はさらにアメリカのシカゴに在住している日本人に送られていました。この日本人はシカゴにある医療研究所に研究員として勤めている薬理学者ですが、もう一つこの業界では有名な別な顔を持っています。それは医学論文のゴーストライターです」

「彼は、アメリカの医療機関の研究員の給料ではとても住めない高級なコンドミニアムに住んでいます。周囲の人には自分は日本では大地主なので、貸地からの収入で一切収入に困る事はないと話しているそうです。ところが、日本での彼の不動産を調べてみると、不動産どころか財産は全くないと言っていい状態です。我々の調査では、徳田先生の論文はここ数年アーバービル社の人工弁についての物がほとんどですよね」

「そうでしょうか、いやそうかもしれません」

秋山は、浮かない顔で返事した

そういえば、毎年年末に編集される外科の業績一覧表の中の徳田の業績、論文はアーバービル社製の人工弁に関するものがほとんどであった。

内容は新しい人工弁の有用性についてで、要するに論文に名を借りた新型の人工弁の宣伝である。

「徳田先生が今まで書かれた論文をその方面の専門家に鑑定してもらったのですが、そのシカゴ在住の日本人が今まで書いたと思われる論文と言い回し、言葉の使用頻度等が酷似しているそうです。失礼ですが、徳田先生は本当にご自分の論文はご自分で書かれたんですよね」

秋山は、その質問に対してとっさに、

「も、もちろんです。私が書きました」

と、答えた。

「アーバービル社の使途不明金に関しては、これから詳しい捜査が行われます。後日徳田先生が論文を書かれた際に、ワープロに残された下書き等を証拠書類として提出して頂く事になると思います。もしも、徳田先生が何か、やましい事があって今日お帰りになって、ご自分のコンピューターを操作しても無駄です。我々の専門家がコンピューター内のハードディスクを見れば操作された事がすぐに分かってしまいます。コンピューターを破棄したり破壊したりしたらなおさら嫌疑は濃厚となりますのでご承知おきください」

大体、徳田が書いたかどうか分からない論文に、自分が書いたかどうか聞かれても秋山はちっとも分からない。

ただ書かなかったとも言えないし、後は自分が書いた事にするしかなかった。

「自分で書きました」

と、言った事が今後自分にどう跳ね返ってくるかも分からず、秋山はついそう答えてしまった。


そこに、病理学の高山准教授が入ってきた。

島田は、並木のカルテの中にある病理報告書が間違いない物かどうかを高山に確認した。

高山は、あの日、8月5日に提出された病理検体で間違いない事、その検体を病理学的に検査をして確かに得られた結果である事を認めた。

秋山は高山の発言を横で聞いていて、強い味方を得たと思った。

ところが高山は、続けて発言した。

「確かに、提出された検体の病理組織学的な所見は間違いありません。しかし……」

「しかし……、とは何か問題があるんですか？」

島田が高山を見上げて聞いた。

「私が疑問なのは……」

高山が躊躇しながら言葉を続けた。

「提出された、並木さんの四つの弁に対する四つの病理報告書には間違いありません。私が疑問であるのは僧帽弁以外の三つの弁は病理組織学的には退行変性といって組織の線維化が主であったのに対して、僧帽弁だけは強いリュウマチ性の病変を呈していた事です。あの当時は、そんなものか、そういう事もあるのかとやり過ごしてしまいました。

しかしよくよく考えてみると四つの弁のうち一つだけが特殊な所見である事はおかしな話です。最近それに気が付いて、亡くなられた並木さんのカルテを見てみたんですが、小児期にリュウマチ熱の既往はなく、また、血液検査でもＡＳＬＯ等のリュウマチ熱の反応は認められていなかった事が判明しました」

島田はさらに、高山に質問した。

「それからは、どういう事が考えられるんですか」

高山は、

「さあ、私にもよく分かりません」

島田は、

「ちょっとそこいらへんも捜査する必要性がありそうですね。もう、こんな時間になってしまいましたので今日はここまでにしたいと思います。徳田先生、高山先生、捜査にご協力有難うございました。こちらのカルテ等は証拠書類として預からせて頂きます。証拠書類の目録はなるべく速やかにお手元に届くようにいたします。今後の捜査に関しては後日連絡を入れさせて頂きます。その節は宜しくお願いします」

そう言い終わると、島田の部下と思われる人間が数人入ってきて、カルテ等を段ボール箱に詰め込む作業が始まった。

秋山はただ茫然とその作業ぶりを見ているしかなかった。

島田たちが病院を後にするのを秋山と高山は見送った。

彼らの車が視界から消えると、高山が、

「徳田先生、今日は余計な事を言ってしまったようで申し訳ありませんでした。でも自分はあの時からずーっとこの件については頭を悩ませていたんです」

「良いんだよ、君は自分の職務に忠実に嘘偽りのない発言をすればいいんだよ」

「有難うございます。ところで徳田先生に是非見てもらいたい写真があるんです。見て頂けるでしょうか。宜しかったら私の研究室にいらっしゃいませんか」

高山に誘われて、秋山は高山の研究室に一緒に行った。

手術で摘出した検体の病理診断を申し込む窓口である。そこを通り過ぎて、秋山は高山の部屋に招き入れられた。

高山が、

「見て頂きたい写真はこれなんです」

と言いながら一枚の写真をＰＣのディスプレイに映し出した。

「これは……」

と、言って思わず秋山は高山の顔を見た。

ディスプレイは4つに区分されて、一年前に手術で摘出された並木の弁のマクロの写真（実物を映し出したもの）であった。

写真を見ると、大動脈弁、三尖弁、肺動脈弁は明らかに退行変性の強い弁であった。ところが僧帽弁だけは、他の三つの弁と比較して全く病態の異なるリュウマチ性の変化の弁であった。

「徳田先生、この次が問題です」

「これは、8月5日に並木さんと同日に手術を受けた方の僧帽弁のマクロの写真です。単弁置換なので僧帽弁の写真しかありません」

ディスプレイがスクロールされて次の写真が表示された。

「これは……」

またしても秋山がうなずいた。

あの日8月5日には、徳田の手術と平行して野上の僧帽弁単弁の置換術が行われた。その野上が行った手術の際に摘出された僧帽弁のマクロの写真が今コンピューターに表示されている。

僧帽弁の病理的変化は一般的な退行変性によるもので弁のダメージはそれほど強くなかった。

高山は、

「野上先生から提出された病理の申し込み書にはリュウマチ性の僧帽弁狭窄兼閉鎖不全症と書かれていました。私は通常の病理検査をした上で報告書にリュウマチ性の変化は強くなく退行性の変性が主であると報告しました。徳田先生、もうお分かりですよね、徳田先生の手術した患者から摘出された僧帽弁と野上先生が手術されて患者さんから摘出された僧帽弁は同じ日に病理に提出されています。ところが、これら二人の臨床経過と摘出された僧帽弁の病理検査の結果の辻褄が合いません」

ややや、間をおいて高山がかみしめるように言った。

「ところが……　ところがです。私の想像が間違えていたら良いのですが、これらの二つの僧帽弁が入れ替わっていたとしたならば、何の矛盾もなく問題は解決されてしまいます」

「そうですか……」

あの日、8月5日は私は病理の当番の当直でした。夜9時頃でしたか、徳田先生が病理の検体を持って受付にやってこられましたよね」

「そうだったかな？　記憶がはっきりしないがそうだったかもしれない」

その当時の事を秋山が覚えている訳がない。

「徳田先生は2件の病理検査の依頼をしましたよね、一つは亡くなられた並木さんの四つの弁です。もう一つは野上先生が手術をされた患者さんのものでした。徳田先生は病理の窓口で、本来は野上先生が直接持ってくるべきだが、何か病棟で野上先生の患者さんの容態が急変したために病棟に駆けつけてしまった。そこで、徳田先生が野上先生の患者さんの病理検体も一緒に持ってこられたとおっしゃってましたよね」

「うーん、そうだったかもしれない」

これも、もちろん秋山の記憶の中には全くない事なのである。

さらに、高山は続けた。

「もう一つ、今思い起こせば不思議な事なのですが、並木さんが亡くなられた後の手術の報告会です。あの報告会でいつものように私は並木さんの病理組織を供覧するように言われました。あの時は徳田先生が私に『今日は症例が沢山あって時間がないから、時間節約のためマクロの写真は出さなくていい、ミクロの顕微鏡所見だけみんなに示してくれれば大丈夫』と言って、スライドの中からマクロの写真を抜き取ってしまいましたよね」

高山は顔色を紅潮させ、額に脂汗をうっすらと滲ませながら、話を続けた。

「徳田先生、私は私の推測が誤っている事を祈りますが、あの時の徳田先生が持ってこられて病理に提出された二人患者の僧帽弁は、何かの間違いですり替わっていた事はないのでしょうか」

そう言われると、あの並木が死亡した後で行われた、手術の検討会を思い起こしてみると、並木から摘出した四つの弁のうち、僧帽弁だけ際立って変性が強かった事、あの、報告会で確かに並木の僧帽弁の顕微鏡写真は見たが、僧帽弁全体を撮った外観の写真は見た覚えがない事などが思い出される。

確かに、病理に提出された僧帽弁が入れ替わっていたら辻褄が合う。いや、入れ替わっていれば話に全く不自然はない。

ここに至って、秋山は病理検査に提出された二人の手術患者の僧帽弁が入れ替わっていると確信した。

しかし、高山の質問に対して喉の奥底から出てきた答えは、

「いや、二人の僧帽弁が入れ替わっているかどうかって、そんなはずがある訳がない」

であった。

そうは、言ったものの徳田の体の中にある秋山の記憶には、その時徳田がどうしたかなど記憶にあるはずがないのである。

並木の手術日の夜に野上が病棟に行ってしまった後、徳田がどのような行動を起こしたかは、8月26日に徳田が事故にあった時、徳田の大脳皮質から全く消え去ってしまったのである。

その時、徳田が一人で何をしたのかは、徳田しか知らないがその記憶は、今この世にはどういう形でも残っていないし、誰一人として知る由もないのである。

僧帽弁の行方

警視庁の島田が関東医科大に取り調べに来た翌日、秋山は学部長の谷城に突然呼ばれた。

谷城の部屋の前にたたずみ、大きなため息をついた。

昨日、島田らが帰った後に病理学の准教授の高山から聞かされた話は衝撃的であった。

秋山自身の記憶にはもちろんないものであるが、徳田はよほど四弁置換と不整脈の同時手術がしたかったのだろう。

理由の第一は、よく言えば「心臓外科医のチャレンジ精神」である。

過去約150年の「心臓外科医のチャレンジ精神」により心臓外科は目覚ましく発展した。しかし輝かしい成功例の陰にはその何倍の不成功例があった事も事実である。

「心臓外科医のチャレンジ精神」を駆り立てる本音は外科医としての名誉欲、そして、他の外科医と自分を区別させるための自己顕示欲の現れでしかない。

次期外科講座の主任教授の座を得んがために、徳田の名誉欲と自己顕示欲は四弁置換術の実施にのめり込んでしまったのだろう。

そして、徳田は、四弁置換に臨んだのであるが、並木の病態は必ずしも四つの弁全てを交換する必要がある病態ではなかったのかもしれない。

特に僧帽弁の状態は人工弁に交換する必要性には乏しかった。

それは、あの合同カンファランスに出席していた外科医は多少なりとも感じていた事であった。

手術が終わり、自分が想像していた経過とは異なり、このまま状況が進行すると、患者の並木が回復不可能と予想された時、徳田の頭には、医療訴訟になるかもしれないと不安がよぎったのだろう。

医療訴訟になった場合は、自分が苦境に立たされるのは当たり前の事ではあるが、教授選では決定的に不利な材料となってしまう。

医療訴訟になった場合、四つの弁全てを人工弁に置換する必要性があったかが問題となる。

必要性の有無を証明する材料は、手術を受けた患者の病状の経過と、手術前に行った心臓超音波検査や心臓カテーテル検査の所見である。

しかしこれらは、決定的なものではない。

決定的なものではないから、手術前に術前カンファランスを行ってこれらの検査結果を検討しながら、手術の方針が議論される。

並木の心臓に四つの弁全てを変える必要性があったかどうかも、合同カンファランスで議論された。

四つの弁全て交換が必要ならば、人工弁に換えれば良いと誰しもが考えるだろう。

しかし、四つの弁を交換、さらに不整脈の手術を追加するには時間がかかり、その間は心臓を止めておかねばならない。

若者の心機能が全く冒されてない心臓ならば、3時間くらい心臓を止めて手術をしてもまず問題はない。

しかし、並木のように長期間の心不全により心臓機能が荒廃している状態では2時間以上の心停止時間は危険である。

心停止時間に制限がなければ、何時間でもかけて丁寧に人工弁に換えれば良いが、そうはいかないのである。

そこで、手術を担当する外科医は自分の技量、術前検査で計測された患者の心機能状態と各々の弁の状態を照らし合わせて術式を選択し合同カンファランスで発表する。

その、術式が十分良識的なものであればゴーサインが出るが、問題あれば術式の変更の議論がなされる。

術式の選択が決定されない場合は最終的には、担当する外科医の裁量に委ねられたり、外科の最高指導者の主任教授の意向に委ねられたりする。

並木の場合も、四つの弁を交換する術式が最良の選択であるかは、議論になったが結論が出ずに、結局は手術に積極的な担当医の徳田の裁量に任され、主任教授の杉山も承認して四弁置換術とさらに心房細動という不整脈の手術が行われた事になる。

手術の結果は最悪で、並木は術後2日で術後低心拍出量症候群で死亡した。


術後の報告会で、並木の手術方針が正しい方針であったか否かが議論された。四つの弁のうち術前検査では最も病変が軽く、そして人工弁に置換するには最も時間のかかる僧帽弁の置換が必要であったかどうかが検討された。

つまり、僧帽弁の病状が軽微で置換の必要性がなければ、僧帽弁はそのままにしておけば心停止時間が短縮できるので、術後に低心拍出量症候群にならず並木は死亡せずに済んだ事になる。

その場で最も重要なポイントは摘出された患者の弁がどれだけ病気によって破壊さ

れていたかであり、それを明らかにするのが摘出され病理に提出された僧帽弁の組織像である。

あの報告会で、病理の組織がスクリーンに映し出される前までは、参加者のほとんどは僧帽弁の置換に疑問を持っていた。

しかし、その疑問は病理組織像がスクリーンに映し出されて、ほとんど正常組織の欠落した画像を見た途端に払拭され、僧帽弁の置換が必要であったと理解ができた。

秋山も、組織像を見て納得した一人であった。

ただし、映し出された組織像が並木から摘出された僧帽弁の像である事が大前提であった事は言うまでもない。

手術が終了し、医療訴訟となるかもしれない不安を抱えながら、自分が摘出した僧帽弁を観察していると、その隣で後輩心臓外科の野上が、同じ日にもう一人別の患者の置換手術を行った僧帽弁を病理に提出しようと検体の準備をしていた。

徳田と野上はその日の手術の話をしているうちに、野上は病棟から電話がかかってきて急遽病棟に行く事になった。

徳田は忙しそうな野上を見て、野上が持っていくべき検体の僧帽弁も、自分が病理に持っていって提出しようと申し出た。

時間がなかった野上は徳田に検体を渡して、病理への提出を依頼して病棟に駆けつけていった。

野上が去った後、一人残った徳田が、二人の患者から摘出された検体を持って病理に行くまでに何をしたかは誰も知らない。

もちろん、徳田の体の中に居る秋山も徳田が何をしたのか分からない。

徳田がその時に何をしたのかは、徳田自身が持っていた記憶の中にしか残っていなかったが、8月26日に不慮の事故に遭ったその瞬間に徳田の記憶は全て何処かに消えてしまった。

徳田が検体を取り違えて提出してしまったとも考えられる事もできるが、それはまずない。

何故なら各々の検体の容器には取り出した患者の氏名、カルテ番号、摘出した日付が記されているからだ。

そうすると、徳田の取った行動は一つしかない。

自分が行った手術の正当性、必要性を証明するために、自分の患者と野上の患者から摘出された僧帽弁を入れ替えたのである。

検体が入れ替わっていれば全ての辻褄が合う。

そして、弁の全体像のマクロの写真を見られて、検体の入れ替えが暴露してしまう事を恐れた徳田は、言葉巧みに病理の高山を説得してマクロの写真をあの報告会の席では供覧させなかったのである。

そんなように、あの夜徳田の取った行動が想像される。

しかし、それを証明できるのは徳田が8月26日以前に徳田の大脳皮質内に存在していた記憶であるが、徳田の顔、胴体、四肢は存在するが、徳田が8月26日の夜に何をしたかの記憶は今はもうこの世にないのである。

秋山にしてみれば、自分がしてしまった事ではないが、今現在、秋山の記憶が置かれている徳田の手が、足が、体がした事であって、他人事ではあるが他人事ではないのである。

これから、もしかして取り調べがあるかもしれない。

その時自分（秋山）は、

「検体を入れ替えた」と言うべきであろうか、「入れ替えてない」と言うべきであろうか？

どっちにせよ、秋山自身は全く関与していないので、要するに「分からない」のであるが、世間は誰しもが記憶の持ち主の秋山ではなく、外見上の徳田と見なしている。

谷城の部屋のドアをノックすると、中から「どうぞ」と谷城の声が聞こえてきた。部屋に入ると、谷城は電話中であった。

秋山に、そこの椅子にかけなさいと目配せしながら、

「じゃ、この件は、何せ、関東医科大学全体の名誉がかかっていますので、くれぐれも宜しくお願いします」

と言いながら電話を切ると、秋山との話を始めた。

「昨日、警視庁の刑事たちが来たそうだね」

「はい、そうです」

「昨年の8月に、君が手術した患者が手術後2日で亡くなった件だね、一理君これは大問題だな。私も、あの手術の事は少し記憶している。今まで、誰も行った事のない四弁置換と不整脈の同時手術をやった症例の件だよな」

「はい、そうです」

「外科ではチャレンジケースで術前の合同カンファランスでは四弁置換がオーバー・

サージェリー（必要以上の手術）じゃないか。特に僧帽弁については未だ人工弁に置換するほどには病状が進んでないのではないか、そんな意見が出たと議事録には残っているようだが」

谷城はさらに続けた。

「加えて、患者、並木さんとか言ったよな。並木さんの心不全が術中の2時間以上の心停止時間に持ちこたえられないんじゃないか？　そんな意見も出ていたようだな」

「確かに、そうだったと思います。ただし心臓超音波検査等から私は四つの弁とも変性がひどいため置換が必要であると判断しました。また、心停止時間も何とか2時間以内で可能かと判断しました」

そんな事を言う自分が不思議であった。

もともと秋山はあの四弁置換に反対だった。

そして提示された超音波検査の所見でも人工弁に置換する必要があったとは考えていなかった。

自分がもし、徳田の体の中に居なかったら、生まれ持ってからの体の中に自分の記憶があったなら、つまり生きていたなら、徳田を弁護する側には回らなかっただろう。

それが、徳田の体の中に入ってしまった自分は反対していたはずなのに、何故か徳田の行動を弁護している。

自分は誰のために徳田を弁護しているんだろうか。

自分にも分からない。

「秋山君が生きていたら、彼にも意見を聞きたかったがね」

谷城が、窓から外を見ながらつぶやいた。

「……」

「秋山君には聞けない訳だが、僕は昨晩、脳神経外科の山岡君にその辺の経緯を聞いてみたんだ」

「山岡君は何と言っていましたか」

山岡は徳田の体の中に、秋山の記憶が移植された事を知っているただ一人の人間である。

山岡は徳田を100%弁護しないまでも、ある程度は秋山に配慮をした発言をするはずである。

「山岡君もね」

谷城がおもむろに口を開いた。

「彼は、あの手術にはやはり反対だった。

術前検査から四つの弁全てを入れ替える必要性には疑問があった。

しかし、君をはじめとした心臓外科チームの強引な押しに医局全体が押しきられた状態だった、と、言っていた」

「特に主任教授の杉山君がゴーサインを出したものだから、主任教授の意向に背く訳にもいかず、手術に突入するしかなかったと言っていた」

「山岡君はそう言っていましたか」

秋山は失望した。徳田の体の中に秋山が居るのを知っている山岡ならば、もう少し徳田を、いや秋山を弁護する言葉があってもいいはずだ。

「次に、杉山教授に聞いてみたんだ」

「……」

「杉山教授は、確かにあれはチャレンジケースだったが、手術が成功すれば関東医科大学の心臓外科の評価は格段に良くなるので認めたと言っていた」

「手術の必要性だが、術前検査では議論も出たが、術後の報告会で供覧された病理の組織像を考慮に入れると、僧帽弁の置換は必要不可欠だったと言っていた」

その病理組織が入れ替わっているかもしれないのに……と思いながら、

「そうですね、病理組織像が決め手ですからね」

と、また徳田に都合の良い言葉を発してしまった。

「それに、もう一つ困った問題が起こってきた。それはゴーストライターを使った論文発表の件だ」

「君の論文について捜査がされているらしい、論文の内容の真偽は別として、医療業者と医者の間で行われている取引を贈賄罪の面からも捜査の手が伸びているらしい」

「君の論文の件が引き金になって、この大学に勤務している医者に嫌疑がかかるのが困る」

「君のためだと思って論文を書かせた訳だがあれは失敗だった。しかも、金の出所が悪い、あの四弁置換でも使用された人工弁を販売しているドイツのアーバービルが君の論文出版の金の出所だったよな」

「同じような事をしているケースを、見て見ぬ振りをしているがいくつか知っている。この問題が取り上げられて新聞沙汰にでもなったら、大学の威信と信用はガタ落ちだ。捜査が本格的になったら、教授をはじめとする医者で捜査の対象となる医者は何人もいるはずだ。何としても歯止めをかけなくては」

秋山は気が付いていなかったが、ゴーストライターに論文を書かせていた研究者は徳田以外にも何人もいるようだった。

秋山自身は自分が行った行為ではないので何とも答えようがない。

ただ一つ言える事は贈賄問題が表沙汰になった場合、自分の記憶が間借りしている徳田が非難の表舞台に晒される事である。

自分がしてもいない事で自分が非難され罰せられる。それを自分が受け止めねばならない。その場からは逃げられない。

「自分は他人だ」と言っても、思考崩壊に陥った支離滅裂な人間の言葉としてしか受け入れられない。

自分の行った罪から逃れるために、狂乱を演じているとしか受け入れられない。

「まあ、君のやった手術の件、論文の件については早急に手を打たなくてはならない。君も腹をくくっておくんだな」

「分かりました、宜しくお願いします」

その時ドアをノックする音が聞こえた。

「病理の高山ですが」

外で声がして、高山が入ってきた。

座っている徳田を見ると一瞬顔色が青白くなり、瞼を小刻みにふるわせながら席についた。

「高山准教授に来てもらったのは他でもない。山岡君の話では、僧帽弁の状態だが、術前検査と病理組織の所見がどうしても一致しないと言う事だが、そこいらへんを確認しようと考えて来てもらったんだ」

「はい、これが持ってくるように言われた、8月26日に並木さんから摘出された僧帽弁のマクロ（外観）の写真と顕微鏡によるミクロの組織像の写真です」

昨日、高山の部屋で秋山も見た写真を谷城に提出して、説明を始めた。

そして、その日には2件手術があり摘出された弁の検体を徳田が一人で病理に持ってきて高山が受け取った事、徳田が持ってきた並木の弁の内僧帽弁だけが際立ってリュウマチ性の変化が強く他の三つの弁の組織像とは異質なものであった事等を話した。

事の一部始終を聞き終わると、谷城は大きなため息をついて、

「じゃ、徳田君と野上君の手術した患者の僧帽弁が病理に提出された段階で入れ替わっていた可能性が高い、いやそうに違いないと言うんだね」

「そうだと、思います」

高山は秋山のほうを見ながら、すまなそうに小声で答えた。

「高山君はその日は、病理の当直で君一人しか病理の教室にはいなかったんだね」

「そうです、一人でした」

「じゃ、野上君も自分が手術した患者さんの検体を持ってきた事にしてくれないかな」

「でも、それは……」

「君が、誰かに聞かれたらそう言えばいいだけの事だ。分かったな！　そういえば、来年開院される関東医科大学第二病院の病理センターの室長がまだ決まってない。僕が室長に推薦するよ。室長となれば君は同時に教授となるんだ。だからこの件は宜しく。君だけの問題ではない、これは関東医科大学全体の問題だ、何があってもそうだった事にしてもらう」

「少し考えさせてください」

するど、谷城は語気を強くして、

「考えなくても良い、そうするだけだ！　じゃ、二人とも仕事に戻ってくれ」

と、言い放った。

谷城の部屋を出たあと、特に会話もなく高山と別れた。

高山と別れた後で、秋山は脳外科の山岡に会いに行った。

山岡は、秋山の目線を避けるようにしながら話し始めた。

「並木さんの件ですね、昨日の夜、谷城学部長から話がありました。警察の捜査ですか、大変な事になりましたね」

「まあ、その話の前に」

秋山が話を持ちかけると、その言葉を遮るように山岡が、

「私は、今まで先生と二人きりでお会いする時は『秋山先生』と、お呼びしていたんですが、これからは二人の時も『徳田先生』と呼ばさせて頂きたいと思います。宜しいでしょうか」

「それは、構わないよ、そのほうが自然かもしれない」

「では、改めて徳田先生、並木さんの件ですね。実は先生にも以前お話した事があると思いますが、並木さんの義理の兄弟が私の外来に通っていましてね。その、義理の兄弟から相談があって、私も並木さんのカルテを調べさせてもらったんです」

山岡は並木のカルテを調べているうちに、病理に提出された僧帽弁が入れ替わって

いたらしい事実に気が付いた。

　僧帽弁の入れ替えが事実だったとしたら、それは事故に遭って、記憶を失う前の徳田がやった事で秋山には何の罪もない。

　山岡は家族には、手術の適応については多少の問題があったのかもしれないと話した。

　山岡は現在、外科の主任教授に選ばれるかどうかが瀬戸際だ。

『ワールド サイエンス』に論文を発表したが、今まで学内では地味な存在であったため、教授選では過半数の票を確保できるかはまだ微妙な状況だ。

　自分の立場を有利にするために徳田の行った手術の悪い噂を立てて、少しでも自分の立場が良くなる事を目論んだが、家族は警察に捜査願いを出して山岡が予想もしていなかった展開となってしまった。

　山岡は秋山が病気で倒れ、徳田が事故にあって記憶がなくなった時、自分たちの研究成果を試してみたい一心と、それまで自分を医師として研究者として育ててくれた秋山に恩返しをするため秋山の記憶だけでも残したい一心で秋山の記憶を徳田の大脳皮質に移植した。

　その時は、自分が次期外科の主任教授の候補になるとは夢にも思わなかったのである。

ところが、秋山亡き後に自分が脳神経外科チームのヘッドとなり、診療をしているうちに論文さえあれば自分も関東医科大学、外科主任教授の候補になれる事が分かってきた。

そこで、一大決心をして長年秋山の下で研究をした成果を世界最高峰の医学会雑誌『ワールド サイエンス』に自分一人の名前で投稿した。

秋山が慎重であったために今まで論文で未発表であった事も幸いして、山岡著作の論文は一大センセーションを巻き起こしてとんとん拍子に掲載され全世界に配布されてしまった。

もちろんこんな短期間に論文が書き上げられたのは、秋山がいざという時のために書いておいた下書きを山岡が見つけてそれをもとに論文を完成させたからだ。

しかし、研究成果を独り占めにする形になってしまった論文の発表を契機に、自分が次期教授の候補と見なされるようになるに至って、徳田の体の中にいる秋山の存在が邪魔になってきた。

秋山が重症の心筋梗塞のために死んで何も残っていなければ、研究成果を独り占めにしてもあまり良心は傷まない。

山岡は並木の家族に話をして徳田の印象が学内で悪くなる事を目論んでいたが、予想しなかった警察の捜査が入ってきてしまう事態となってしまった。

これには、多少の戸惑いがあったが、今となっては引き返せない。

「徳田先生が、如何に頑張って手術をしたかはよーく家族に話しておきます。これ以上事態が大きくならないように説得しておきます」

火つけ役だった山岡がこの機になって火消し役になるようなそぶりの話を秋山にした。

「そうか宜しく頼むな」

秋山は何とも複雑な気持ちで返事をした。

「ところで、『ワールド サイエンス』の論文読んだよ、なかなかよく書けている。インパクトファクターもどんどん上がるだろうな」

山岡は、

「有難うございます、長年にわたり、先生に指導して頂いたおかげでようやく論文が完成しました。お世話になりました」

と、言っただけで、秋山の書いた下書きを使用した事や実験データーを使用した事には一切触れず、後はきまり悪そうに口をつぐんでしまった。

復活

この三日間、秋山には激震が走った。肉体的、精神的に疲弊した。

並木の術後2日で死亡した問題、僧帽弁の病理組織の検体が入れ替わっていた問題、論文のゴーストライターの問題、人工弁に関する贈賄の問題など何れも秋山が起こした事件ではない。

しかし、秋山の記憶が間借りしている徳田が行った行為の後始末を秋山がしなくてはならなくなった。

「濡れ衣」と言ったら「濡れ衣」だが、「濡れ衣ではない」と言ったら「濡れ衣ではない」。

嘘をついている訳ではないが、徳田が行った真実を秋山は知る由もなかった。

秋山の記憶が自分なのであろうか、徳田の体が自分なのであろうか？

徳田の肉体が自分であったとしたら、徳田が行ったかもしれない罪は徳田である自分が請け負わねばならない。

並木の手術を行った日の夜、徳田は自分が切り出した僧帽弁と野上が切り出した僧帽弁を持って何をしたのであろうか？

徳田の記憶はあの交通事故に遭った夜に何処に行ってしまったのだろうか？

徳田の記憶は徳田自身しか思い出せない。他人の秋山が自分の記憶を見る事はできない。

秋山は今でも主観的には秋山であると思っている。しかし客観的に見るならば徳田で、法律上、戸籍上、徳田一理である。

秋山は生前に頭休めのために散歩した自宅近くの公園にいた。

体は徳田だが、記憶によって作られた自我は秋山である。

疲れた時はこの公園で散歩に限る。

もうすぐ師走の夜だった。快晴ではあるが凍てつくような寒さの夜だった。

海の見える丘に続く小道の途中にある公園のベンチに腰を下ろした。

小川のせせらぎが何かを語っているようであった。

自分はこのままずーっと徳田の肉体がなくなるまで徳田の体の中に間借りをしなくてはいけない、自分は徳田として生きてゆく以外にない。

四肢、胴体と記憶のどちらが自分であろうか、おそらく主観的に言うなら記憶が自分であろう。

しかし客観的には徳田が自分である。

人間は一人では生きてゆけない。何千、何万の人間と接し、関係しながら生きている。自分以外の他人が見れば自分は徳田である。

だから、自分は徳田なのである。

もしかしたら、徳田はあの日にＩＣＵの隣の部屋で野上が手術した患者から摘出された僧帽弁と自分が手術した並木の僧帽弁を入れ替えたかもしれない。いや、おそらくそれは確実だ。

徳田がやった犯罪ではあるが、徳田の体の中に居る自分は徳田の罪を償わなくてはいけないのだろう。

それが、自分の記憶に全くなくても、そう諦めざるを得なかった。

「徳田先生でしょうか」

一人の女性が秋山のベンチの横に立っていた。

聞き慣れた声である。

女性の顔が公園の薄暗い電灯に照らし出された時に、秋山の瞼が小刻みに動いた。

声の主は秋山の妻の薫であった。

「そうです、徳田です。あなたは秋山先生の奥様ですよね」

秋山は分かりきっている事を薫に聞き返していた。

秋山は地方で行われた学会に何回か薫を連れていき、夕食を徳田たちととった事がある。

「そうです、秋山の家内です」

「ご主人、秋山君はお気の毒でした。その節には葬儀に行けず失礼しました」

「いえいえ、徳田先生も秋山が倒れた日に、あまりにも偶然に同じ日に事故に巻き込まれてお気の毒でした。ＩＣＵに入院した秋山に最初に面会した時、秋山のベッドの横はカーテンで閉ざされていて、隣に入院しているのが徳田先生だとは気が付きませんでした。面会が終わりＩＣＵを出ると、そこには山岡先生がいらっしゃって、実は徳田先生も事故に遭われて入院し、秋山の隣で治療を受けている事を教えてくださいました」

「ここは、生前秋山が好きでよく来た公園です。今日は秋山の月命日なので私はちょうど秋山が出かけていったこのくらいの時間に来てみました」

実は、秋山は薫に知らされるまで今日が自分の命日である事を忘れていた。

考えてみたら、自分の命日を覚えている人間なんているはずがない。

「風の便りに聞いたのですが、徳田先生は病気から復帰されてから大活躍だそうですね。関東医科大学を背負って立たれるほどの看板外科医になられたと聞いていますが……。それから、先日テレビのニュースで見ましたが、脳外科の山岡先生も立派な論文を発表して世界中から注目されるようになったそうですね。心臓外科の徳田先生と脳外科の山岡先生がいらっしゃれば関東医科大学の外科は日本一の外科医局になりますね。秋山が生きていたら、どんなに喜んでいた事でしょうか」

秋山の妻、薫は夜空を見ながらつぶやくように話した。

「私は、退院して、仕事に復帰してから無我夢中で働きました。結果はその通りでここまではうまく来たのですが、ここではちょっと奥さんにお話しできませんが、いくつかの問題を抱え込んでしまい、解決策の見つからない事態となってしまいました」

「それは、お気の毒に、傍から見ると順風満帆に見えますが、医学の世界ではいろいろな事がおありなのでしょうね。生前、秋山も手術や研究の事、人の問題なんかで悩みが多かったみたいです。そんな時は夕食が終わった後や朝早くこの公園に来て散歩をしながら問題を整理していたみたいです」

「私も、今抱えている問題に解決策が見つからず途方に暮れていました。そんな時、秋山君と昔話をした時に、話してくれたこの公園の事を思い出しました」

「彼はよく言ってました。『思い悩んだ時は、公園に行ってベンチに座ってボーッとしているんだ、すると不思議に直感が働いて解決策が見つかるんだ』と」

「そうですね、私にも同じ事を言っていました、徳田先生は何か良い解決策が見つかりましたか?」

「それが、どうも、未だなんです」

「そうですか、それは残念ですけれどそのうちいいアイデアが思いつくと思います。秋山は生前この公園から帰ってくると決まって『薫、いいアイデアが思いついたぞ』と、言ってましたもの。徳田先生のお邪魔をあまりする訳にもいきませんから、私はここいらで失礼しますね。お仕事頑張ってください」

と、言うと薫はその場を立ち去ろうと秋山をその場に残して歩き始めた。

10歩ほど歩くと振り返り、

「死んでしまった秋山が戻ってくるはずもないけど、ひょっとして月命日の今日この時間にこの公園を歩くと秋山に会えるような気がしたんです。秋山には会えなかったけれども、主人がしてくれた巡り合わせでしょうか、徳田先生に会えてとても嬉しかったです」

薫は快晴の夜空に輝く無数の星の中でも一段ときらめいているオリオン座をしばらく見上げながら、

「不思議ですね、私は徳田先生と会ったのに、何か秋山に会ったような気がします……。あ、徳田先生、お気になさらないでくださいね。この道を右に折れて丘の上に出ると真暗ですが大海原が見えます。秋山の最も好きだった場所です。是非足を延ばしてみてください」

と、言ってその場を立ち去った。


残された秋山は、自分が「徳田の体の中にいる自分」である事を妻に伝えなかった事を悔やんだ。

しかし、同時に伝えなくて良かったと思った。

山岡により記憶だけが徳田の体の中に移植された自分を妻は一体どう受け止めてく

れるだろうか。

記憶だけが秋山の自分を妻は夫として受け入れてくれるだろうか。

第一からいって自分は法律的には死亡してしまった人間で、この世に秋山淳はもういないのである。

もしも、法律的に死亡していない自分であったとしたら、元の自分に戻るためには徳田の体が邪魔ものとなるが、徳田の体がなければ記憶だけの自分は存在しない。

机の上に置かれた人工知能に自分の記憶を全て移植すれば、徳田の体は必要ないが人工知能は、無機物的な機械であって命を持った生物ではないのである。


そんな事を歩きながら考えているうちに、昔よく来た丘に辿り着いた。

誰も居ないベンチに腰を下ろし、心地良く吹く海風を吸いながら、暗い夜空にちりばめられた無数の星を仰ぎ見た。

「夜空の星を見ながら、心を虚にすればいいアイデアが浮かぶ」

昔からそう信じていたし、また実際にそうであった。

暫く夜空をじっと見上げていると、大空の真ん中に流れ星が走った。

流れ星の光跡を追いかけていると、突然とある考えが秋山の脳裏に浮かんできた。

その考えは秋山の頭の中でまるで核分裂を起こしたように膨れ上がり秋山に決断を迫らせた。

「明日は日曜で研究室には誰も来ないな」とつぶやくと、秋山は立ち上がり足早に丘を下りて公園を後にした。


毎週月曜の朝は外科医局の合同カンファランスが行われる。

「徳田君はどうしたかね、今日はまだ顔を見ていないが。誰かＰＨＳで呼び出してくれないか」

定年間近の杉山が医局員に話している時に、カンファランスルームのドアが開き数人の背広姿の男がものものしく入って来た。

「警視庁の島田ですが、徳田一理はどちらでしょうか？　こちらに逮捕状があります。容疑は昨年の並木剛士さんが心臓手術後に死亡した件に関する業務上過失致死罪、病理検体等の診療録偽造、並びに医療機器購入に関する贈賄罪です。」

カンファランスルームには一瞬静寂が走った。

すると先ほどの杉山の命でＰＨＳをかけていた、医局員が
「徳田先生のＰＨＳにかけてみましたが、応答が有りません」と言った。

杉山はうなずいて
「みんな手分けをして、徳田君を探してくれないか、みつけたらすぐに連絡をくれ」
と言った。
徳田を探すため医局員はカンファランスルームを小走りに出て行った。

10分もすると杉山のPHSが鳴った。

PHSをかけてきたのは山岡で、徳田を脳外科の研究室で見つけたと連絡してきた。

杉山は心臓外科の徳田が脳外科の研究室に居ることに違和感を持ちながら、島田を案内しながら研究棟に駆けつけ、そこで山岡と合流した。


「徳田君は何処だね」と杉山が尋ねると、山岡はおもむろに研究室の隅に置いてあるソファベッドを指さした。

そこには、頭に脳波をとる電極がついた徳田が横たわっていた。

「まさか、自殺したのかね、意識はあるのかね」と山岡に尋ねた。

「生きています、存命です、自殺では有りません。しかし……」

すると横に立っていた島田が進み出ると徳田に大声で声を掛けた。

「徳田一理ですね」
するると徳田は無言で起き上がり、鋭いまなざしで島田を見返し、何かを探るように右手を動かした。
「もう一度聞きます、あなたは徳田一理ですね」
しかし徳田の反応は同じで、何も喋らず島田の顔を不思議な物でも見るように瞬きもせず凝視するだけであった。
杉山が
「山岡君一体何が起こったのかね、君は説明できるのかね」と尋ねると
山岡は
「私にも分かりませんが、徳田先生の今の状態は完全な記憶喪失のようです。皆さんがここに来るまでに私も声を掛けてみましたが反応は全く同じでした」
「完全な記憶喪失？　何か頭に大けがでもしたのでしょうか？」
島田が山岡に尋ねると、山岡は
「外傷ではないと思いますが……」
と言葉を詰まらせながら、目線をソファベッドの横の机の上に置いてあるコンピューターのディスプレイに移した。

ディスプレイの中央には
「被検体から全ての記憶の抜き出しを完了し、ハードディスク内に保管を完了しました」と表示されていた。
さらに、ディスプレイの前には置手紙があった。
「私は徳田一理の体の中に居た秋山淳です、私の記憶の全てはハードディスク内のデーターベースに保管されています。５年前にＤＮＡ検査のため採取した私の血液が遺伝子研究室に冷凍保管されています。その血液を使用して私のクローン人間を造って頂けたらと思います。完成された私のクローンに私の記憶を移植して心身ともに備わった秋山淳が復活する時を待つこととします」

あとがき

ヒトは母親の胎内からこの世に生まれ出てくるまでは何一つとして記憶していない。そして、出生した直後から視覚、聴覚などの五感を使い、あらゆる事を覚え始める。一生を終える頃には1000兆もの記憶を大脳の中に仕舞い込むと言われている。自分の記憶は自分でしか思い出せない、他人が自分の記憶を見ることはできない。自分の記憶は他人の記憶とは異なる。それ故、自分の記憶により他人とは区別された自我である「私」を作る、いわば頭の中に仕舞われた記憶の集合体がそのヒトそのもので「我、記憶有るが故に我有り」と言えるかもしれない。

DNAがほぼ一致している一卵性双生児は顔も体型も全く同じだが各々が別々の自我を持っている。DNAによって造られた顔形が自我を作っているのではなく、各々の大脳の中に仕舞われて記憶の集合体が自我を形成しているのであろう。つまり、DNAは生物の各々異なった客観的な個体を造るが、DNAは「自分は他人ではない」と認識する主観的な「私」を造らない。

現代社会において個人認証をする手段には一般的に顔写真付きの運転免許証やパスポート、指紋の一致、ＤＮＡの一致などが用いられるが、個人として識別認識されたヒトの大脳にどのような記憶が収まっているかは問わない。

我々はあるヒトの記憶はそのヒトの固有物であり、切り離せないとの先入観念に縛られている。徳田の体の中に移植された秋山の記憶の集合体は、この固定観念に縛られた捜査の結果、徳田の犯したかもしれない罪を受け入れなくてはならない事態となり悲劇的な結末となった。

それは、記憶の抜き出しや移植の技術が完成されてない現代では、徳田の五体は徳田であり、かつ記憶も徳田のものであり、秋山の記憶に総入れ替えされているとは誰も考えないからである。

今日までに多くの不可能を可能としてきた近代科学の進歩により、そう遠くない将来に記憶の実態は解明され、さらにＤＮＡと同様に記憶が操作されてあるヒトの記憶が他のヒトに移植される事が可能となるであろう。

著者の知る範囲では記憶の実態は未だ解明されてないが、現代科学は将来に記憶の実態を解明し、ＤＮＡの操作技術と同様に記憶の合成、分解、保存、移植を可能とするだろう。

ＤＮＡにより造られた手、足などの五体が客観的な「私」であり、記憶の集合体が主観的な「私」であり、その両者が備わって真の「私」であるのならば、クローン技術を用いて人体コピーし続け、さらに記憶を操作して記憶の集合体である「私」をコピーされた人体に移植し続けていけば人間は永遠に生き続ける事が可能となるのかもしれない。

著者プロフィール

原田 厚（はらだ あつし）

1953年5月8日、東京都出身
芝学園高等学校、日本医科大学大学院卒
医学博士
米国セントルイス、ワシントン大学心臓外科
榊原記念病院、海老名総合病院附属東病院・循環器センターを経て
現在、海老名ハートクリニック院長

他人《たにん》の中《なか》に居《い》る私《わたし》

2023年1月30日　第1刷発行

著　者　　原田 厚
発行人　　久保田貴幸

発行元　　株式会社 幻冬舎メディアコンサルティング
〒151-0051　東京都渋谷区千駄ヶ谷4-9-7
電話　03-5411-6440（編集）

発売元　　株式会社 幻冬舎
〒151-0051　東京都渋谷区千駄ヶ谷4-9-7
電話　03-5411-6222（営業）

印刷・製本　中央精版印刷株式会社
装　丁　　弓田和則
装　画　　イ・ダイン

検印廃止

ISBN 978-4-344-94338-4 C0093
幻冬舎メディアコンサルティングＨＰ
https://www.gentosha-mc.com/